Helmut Richter

Gitarre im Pott

Buch

Die Konzertgitarre erlebte ab der Mitte der 1960er Jahre in Deutschland, aber auch weltweit, einen bis dahin ungekannten „Boom", der sich im Lauf der 1970er-Jahre immer weiter aufbaute und bis in die heutigen Tage nachwirkt. Hauptsächlich spielte sich das Geschehen in den damaligen Zentren der Gitarrenmusik wie Köln, Frankfurt, Hamburg, Berlin und München ab, aber auch in der „Provinz" wurde die rasante Entwicklung deutlich spürbar. In diesem Buch wird diese Zeit aus dem Blickwinkel eines autodidaktischen Anfängers auf der Konzertgitarre im Ruhrgebiet humorvoll beschrieben, wie sie sicher auch viele seiner Gitarre spielenden Zeitgenossen oder auch Gitarren-Aficionados (span.: Gitarrenliebhaber) so oder ähnlich erlebt haben.

Autor

Helmut Richter (*1955) absolvierte mit 15 Jahren nach seinem Realschulabschluss eine Ausbildung zum Maschinenschlosser. Anschließend besuchte er ein Sterkrader Gymnasium, legte sein Abitur ab und studierte Gitarre am Robert-Schumann-Institut in Düsseldorf sowie Maschinenbau, Erziehungswissenschaften und Physik an der Universität Duisburg. 1982 Prüfung zum Musikerzieher, 1983 erstes Staatsexamen in Maschinenbau und Physik. Später zusätzliche Studien in Psychologie und Neurobiologie.
Promotion zum Dr. phil. (Berufspädagogik). Zahlreiche CD- und Rundfunkaufnahmen, Buchveröffentlichungen und Veröffentlichungen eigener Kompositionen. Bundesgeschäftsführer der European Guitar Teachers Association. Bis zur Pensionierung 2021 Schulleiter eines Berufskollegs in Duisburg-Rheinhausen.

Helmut Richter

Gitarre im Pott

Für Gabi

Bibliografische Information der Deutschen Nationalbibliothek: Die Deutsche Nationalbibliothek verzeichnet diese Publikation in der Deutschen Nationalbibliografie; detaillierte bibliografische Daten sind im Internet über www.dnb.de abrufbar.

© 2024 Dr. Helmut Richter

Verlag: BoD · Books on Demand GmbH, In de Tarpen 42, 22848 Norderstedt

Druck: Libri Plureos GmbH, Friedensallee 273, 22763 Hamburg

Printed in Germany

ISBN: 978-3-7693-2361-0

Inhalt

Gitarre (Deutsch); Substantiv, f

Alternative Schreibweisen: Guitarre

Worttrennung: Gi·tar·re, Plural: Gi·tar·ren

Aussprache: IPA: [giˈtaʁə]

Bedeutungen: ein populäres Zupfinstrument mit vier bis zwölf Saiten. Abkürzungen: Git.

Herkunft: Stammt von dem griechischen Wort κιθάρα (kithara☆) → grc „Kithara", ein Saiteninstrument der Antike. Über Arabisch قيثارة (qīṯārah) → ar, dann Spanisch guitarra → es in andere europäische Sprachen. Das Wort ist seit dem 17. Jahrhundert belegt.

Synonyme: umgangssprachlich: Klampfe, Zupfgeige

Oberbegriffe: Zupfinstrument, Saiteninstrument (…)

Unterbegriffe: Akustikgitarre, Bassgitarre, Hawaiigitarre, Konzertgitarre, Leadgitarre, Mondgitarre, Rhythmusgitarre, Westerngitarre, E-Gitarre, Zwölfsaiter

Charakteristische Wortkombinationen: an einer Gitarre tüddeln, akustische Gitarre, elektrische Gitarre, das Geschrammel einer Gitarre, Gitarre spielen, Gitarre stimmen, Gitarre zupfen

Ruhrpott, Substantiv, m.

Aussprache: [ˈʁuːɐ̯ˌpɔt]

Bedeutungen: umgangssprachlich: Ballungsraum in Nordrhein-Westfalen, der Kernbereich liegt zwischen Duisburg und Dortmund begrenzt durch Rhein, Lippe und Ruhr mit etwa 5,3 Millionen Einwohnern

Herkunft: Determinativkompositum aus dem Namen Ruhr und dem Substantiv Pott

Synonyme: Kohlenpott, Revier, Ruhrgebiet

Kurzformen: Pott

(Vgl.: www. de.wiktionary.org/wiki)

Vorwort

Ursprünglich hatte ich seit vielen Jahren immer wieder einmal vor, ein Buch über den „Gitarrenboom" in Deutschland seit dem Anfang der 1970er-Jahre zu schreiben. Schon in den 1960er-Jahren spielten einige Gitarristen auf nationalen und internationalen Bühnen auf sehr hohem technischen und künstlerischen Niveau, zu nennen sind hier insbesondere der Spanier Andrés Segovia, die Franzosen Ida Presti und Alexandre Lagoya und der junge Brite Julian Bream. In den 1970er-Jahren jedoch baute sich förmlich eine Welle der Begeisterung für die Konzertgitarre auf, die bis weit in die 1980er-Jahre hinein dauerte und deren Ausläufer noch heute zu spüren sind.

Sehr schnell stellte ich bei der Recherche jedoch fest, dass die Entwicklungen in der Gitarrenszene in Deutschland sehr heterogen, manchmal sogar konträr verliefen, sodass eine intensive, wissenschaftsorientierte Betrachtung der Gitarre in der zweiten Hälfte des 20. Jahrhunderts in Deutschland sehr schwierig, wenn nicht sogar unmöglich ist, wenn man allen Seiten und deren Protagonisten auch nur ansatzweise gerecht werden will.

Als Lösung des Dilemmas bot sich für mich an, meine *eigene,*[1] sicher nicht untypische, Entwicklung

---

[1] So, wie ich es in meinem Buch „Blag im Pott" getan habe.

an und auf der Gitarre und deren Umfeld niederzuschreiben, aus der Sicht eines vollkommen naiven und ahnungslosen Anfängers, der sich als Autodidakt allmählich in die kleine Welt der Konzertgitarre hineinfindet. In dieser Hinsicht ging es nämlich mir genauso, wie vielen anderen Altersgenossen auch: Ausbildungsmöglichkeiten für die Konzertgitarre waren kaum vorhanden; die einzigen Maßstäbe, an denen man sich messen konnte, waren die Schallplatten (die man übrigens mühevoll suchen musste) der damals schon großen Protagonisten der Konzertgitarre. Wir alle fummelten uns ohne ein weiteres Regulativ wie Lehrer oder andere Musiker irgendwie in die Literatur hinein, gingen falsche Wege, korrigierten, scheiterten, korrigierten erneut, so lange, bis wir den richtigen Weg gefunden hatten.

Das war im Vergleich zu den heutigen Ausbildungsmöglichkeiten mühsam und aufwändig und manchmal auch deprimierend, aber auch immer wieder spannend und anregend. Heute hingegen besteht ein vielfältiges Angebot an Ausbildungsmöglichkeiten für angehende Gitarristen, aber leider auch ein viel größeres Angebot am gitarristischen Musikmarkt, das diesen Vorteil zu großen Teilen wieder zunichtemacht. Viele Absolventen der Musikhochschulen, ja, teilweise sogar schon Landessieger im Wettbewerb „Jugend musiziert" spielen heute auf technisch höherem Niveau als die damaligen Inhaber von Hochschulstellen für die Konzertgitarre, aber im Gegenzug ist das Angebot an sehr guten Gitarristen und damit auch der Konkurrenzdruck extrem gewachsen.

Das vorliegende Buch mag sich an vielen Stellen wie eine Autobiografie lesen, ist aber – wie schon erwähnt – überhaupt nicht so gemeint, denn so wichtig fühle ich mich weder auf der Welt noch in der Gitarrenszene. Ich habe nur an meiner eigenen gitarristischen Biografie festgemacht, wie ich „in der Provinz" die Entwicklung der Konzertgitarre im (West-) Deutschland der 1970er und 1980er-Jahre erlebt habe, mehr nicht. Aber – nochmals – ich bin mir sicher, dass viele Gitarristen meiner Generation solche oder ähnliche Erfahrungen gemacht haben wie ich.

Ich wünsche Ihnen viel Vergnügen beim Lesen meiner kleinen, persönlichen Zeitreise durch die kleine Welt der Konzertgitarre, die mir aber – um im Bild zu bleiben – viele große Reisen und Erlebnisse ermöglichte.

Oberhausen, im Dezember 2024

P.S.: Alles Beschriebene ist wirklich so geschehen. Namen wurden geändert oder auf Vor- oder Spitznamen beschränkt.

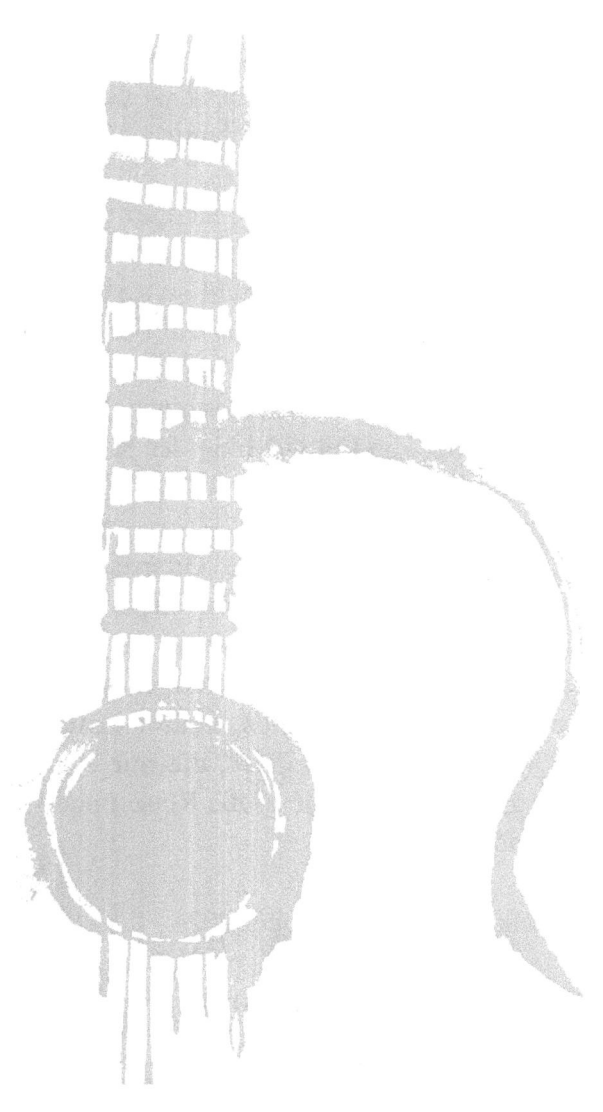

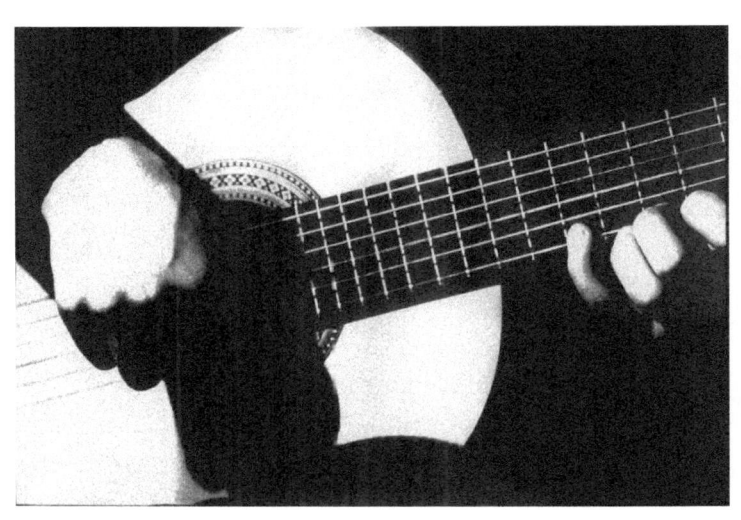

1971 – 1983

Adivinanza De La Guitarra
von
Federico García Lorca

El Polifemo de Oro

En la redonda
encrucijada,
seis doncellas
bailan.
Tres de carne
y tres de plata.
Los sueños de ayer las buscan
pero las tiene abrazadas
un Polifemo de oro.
¡La guitarra!

Sechs Jungfern tanzen
wo sich die Wege
auf der Rundung
kreuzen.
Drei aus Fleisch
und drei aus Silber
es suchen sie des Gestern Träume
doch hält sie fest in seinen Armen
ein goldner Polyphem:
Die Gitarre
(Übersetzung von L. Beck)

Der Start

September 1971.

Dieter, Udo, Klaus und ich standen während der Zigarettenpause des Kirchenchores, in dem ich in der Bassstimme mitbrummte, vor dem Gemeindehaus. Schon seit einigen Tagen waren wir wild entschlossen, eine Band zu gründen und berühmt zu werden. Einen Namen für die Combo hatten wir schon: „The Outsiders". Udo spielte Akkordeon (!), Dieter konnte leidlich singen und Mundharmonika (!) spielen, Klaus traute sich zu, ein Schlagzeug zu bedienen, weil er meinte, ein gutes Taktgefühl zu haben – nur ich war mit meinen Blockflötenkenntnissen aus dem Musikunterricht an der Realschule wohl eher etwas fehl am Platze. Uns allen war klar, dass zu einer „richtigen" Band noch die Gitarre fehlte. Also blieb mir – wenn ich als zukünftiges Bandmitglied mit im Rennen bleiben wollte – nichts anderes übrig, Gitarre spielen zu lernen.

Unsere Chorleiterin, Fräulein Oberhoff (sie bestand auf diese Anrede), war eine sehr rührige und kompetente Kirchenmusikerin, die ihr ganzes Leben der Musik gewidmet hatte. Hauptamtlich spielte sie natürlich auf der Orgel, aber sie besaß wohl noch aus Studienzeiten eine Wandergitarre der Firma Höfner und erklärte sich nach intensiver Bearbeitung durch unseren Akkordeonspieler bereit,

13

mir das Instrument für eine gewisse Zeit leihweise zur Verfügung zu stellen.

Ich hatte gerade – mehr schlecht als recht – die Realschule verlassen und war seit dem 1. September Schlosserlehrling bei der Gutehoffnungshütte GHH, in Oberhausen schlicht „Hütte" genannt. In meiner Freizeit sang ich im Kirchenchor und machte im „Sing- und Spielkreis" mit, das war sozusagen die Jugendabteilung des Kirchenchores.

Es war die Zeit, in der in Oberhausen noch Kohle gefördert und Stahl gekocht wurde. In den Wintermonaten färbte sich der Schnee nach kurzer Zeit schwarz, so schmutzig war die Luft. In den Abendstunden leitete die Ruhrchemie die nach faulen Eiern stinkenden Abgase in die Luft, die gesamte Stadt war verpestet, dreckig und roch nach Arbeit und Schweiß. Die Essener Straße, heute Zubringerstraße zu einem riesigen Einkaufstempel, galt als die schmutzigste Straße Deutschlands, wenn nicht sogar Europas.

Das Gitarrespielen versprach mir eine schöne Abwechslung zum tristen täglichen Feilen, Bohren und Hämmern in der Lehrwerkstatt, zumal ich als Kind schon gerne auf diesem Instrument spielen gelernt hätte. Meine Eltern meinten jedoch, es wäre sinnvoller, mit der Blockflöte anzufangen. Welcher Weg von der Blockflöte zur Gitarre führen sollte, ist mir nie so richtig klar geworden, aber immerhin konnte ich mit meiner Überei meinen älteren Bruder nerven. Das war doch schon mal etwas.

Abb.1: Wandergitarre „Höfner"

Nun war es denn soweit: Ich holte meine erste – zwar geliehene – Gitarre bei Fräulein Oberhoff ab und hoffte, nach zwei bis drei Tagen üben die ersten Lieder in der noch zu gründenden Band mitspielen zu können. (Wir hatten uns „Hier ist ein Mensch" von Udo Jürgens als erste Nummer vorgenommen, weil Dieter den Text auswendig konnte.)

Zu Hause angekommen stellte ich erst einmal fest, dass die Saiten der Gitarre ganz locker waren – sie mussten wohl irgendwie gestimmt werden. Von meinem Schulkollegen Otmar – der in der freikirchlichen Gemeinde Gitarrespielen mit dem Schwerpunkt der christlichen Liedbegleitung lernte – wusste ich, dass man zum Stimmen eine Stimmpfeife[2] brauchte. Also stellte ich die Gitarre in die Ecke und ging zum Musikhaus Möller, nicht ahnend, dass dieser kleine Tante-Emma-Laden der Musik mit seinen bestenfalls 20 Quadratmetern Verkaufsfläche sehr bald zu einem Zentrum meines Lebens werden sollte.

Fräulein Möller (sie bestand ebenfalls auf diese Anrede), die Inhaberin, eine ältliche Dame mit lauter Stimme und nicht enden wollender Redseligkeit, verkaufte mir für ein paar Mark eine Stimmflöte und ein dünnes Heftchen mit 700 Gitarrenakkorden. Ich war davon überzeugt, dass mit dieser umfassenden Grundausstattung der Weg zum perfekten Gitarrespiel inklusive internationaler Berühmtheit nicht mehr weit sei.

Als erste Akkorde nahm ich mir den a-moll und den e-moll vor, sicher eine gute Wahl, sie sind – so wurde mir von Fräulein Oberhoff mit auf den Weg gegeben – recht einfach zu spielen. So einfach war das aber nicht, die Finger immer an der richtigen Stelle auf die Saiten zu setzen, aber – ich wollte ja in der Band mitspielen – vor den Erfolg haben die Götter nun einmal den Fleiß gesetzt, das ahnte ich auch schon mit meinen 15 Lenzen. Also übte ich wie verrückt den Wechsel zwischen den Akkorden

---

[2] Die heute weitverbreiteten elektronischen Stimmgeräte gab es noch nicht. Wer einmal versucht hat, nach dem Pfeifton einer Stimmpfeife eine schwingende Saite zu stimmen, weiß, wie schwierig auch das ist.

e-moll und a-moll, deren Griffbilder ich dem Heftchen entnommen hatte.

Leider klappte das mit dem richtigen Stimmen
der Gitarre nicht so ganz gut. Deshalb beschwerten
sich meine Eltern und mein großer Bruder immer,
wenn ich die Gitarre in die Hand nahm, mein Bruder drohte mir auch manchmal Prügel an, wohl
(und zu Recht) ahnend, dass der Wechsel von der
Blockflöte zur Gitarre keine auditive Erleichterung
seines Alltags versprach.

In der Lehrwerkstatt der Hütte war ich von
morgens sieben Uhr bis vier Uhr nachmittags. Das
bedeutete, dass ich als geborener Langschläfer um
halb sechs mich aus dem Bett herausquälen musste,
und nach der Arbeit kam ich um fünf Uhr nachmittags müde und hungrig zurück nach Hause. So hatte ich nur wenig Zeit, mich der Gitarre zu widmen,
aber diese spärliche Zeit nutzte ich buchstäblich bis
zur letzten Sekunde. Bei jeder sich bietenden Gelegenheit nahm ich die kleine Höfner von der Wand,
an der ich sie aufgehängt hatte, und übte wie besessen die Akkorde e-moll und a-moll. Der Klang der
Gitarre hielt mich gefangen, ihr galt mein erster
Griff, wenn ich nach Hause kam und die letzten
Töne spielte ich, als ich schon fast im Bett lag.

Mein Vater – der von meiner Realschulzeit her
keine guten Erfahrungen mit meinem Lernverhal-

ten hatte – beäugte das alles mit allergrößtem Misstrauen. Er meinte, ich solle mich lieber mit der Berufsschule beschäftigen und „etwas Ordentliches" werden.

Bis Weihnachten hatte ich dann schon einige Griffwechsel sicher ‚drauf', nur mit dem Stimmen der Gitarre war es aber immer noch schwierig. Mein einziger Weihnachtswunsch war klar! eine eigene Gitarre, die mein Vater (meine Mutter lag in dieser Zeit mit einem schweren Krebsleiden im Krankenhaus) mir dann tatsächlich im Musikhaus Möller kaufte. Es war eine kleine, vergleichsweise preisgünstige und für Anfänger konzipierte Wandergitarre „Modell „Amateur" von Framus[3] mit Stahlsaiten, geschraubtem Hals und einer unglaublich poppigen Sunburst-Lackierung in Blutrot bis schwarz. Am Boden hatte die Gitarre eine „Beule" nach außen, sodass sie wie ein bisschen schwanger aussah. So ein Instrument kostete damals so um die 100 Mark, mehr, als ich im ganzen Monat als Lehrgeld bekam.

---

[3] **Framus** (*Fränkische Musikinstrumentenerzeugung Fred A. Wilfer K.G.*) war ein deutscher Hersteller von Gitarren, Bässen und Verstärkern, der 1946 in Erlangen gegründet wurde. Weltweit bekannt wurde Framus durch John Lennon, Paul McCartney (The Beatles) Keith Richard und Bill Wyman (The Rolling Stones), die auf Instrumenten von Framus spielten.

Aus heutiger Sicht war das Instrument eine jammervolle Knipskiste, damals jedoch war es für mich der goldene Schlüssel zu einer neuen Welt.

Abb. 2: Framus Modell „Amateur", 1971

Stahlsaiten! Ich fand die wesentlich besser als die Nylonsaiten der geliehenen Höfner, die nun ihren Weg zu Fräulein Oberhoff zurückfand. Stahlsaiten: darauf spielte Bob Dylan, die Beatles und alle anderen Heroen meiner Generation. Ich fühlte mich auf dem besten Weg, mich unter die Gruppe der großen Gitarrenheroen zu mischen.

Stahlsaiten klingen zwar sehr brillant, haben aber auch einen Nachteil: Sie sind vergleichsweise schwerer zu greifen, und – viel schlimmer – wenn man sich beim Schlagen der Akkorde mit der rechten Hand verzielt oder zu heftig auf die Saiten eindrischt, dann kann auch schon mal die Haut an den Fingern aufplatzen. Schmerzhafte Wunden sind die Folge. Aber mich hatte die Gitarromanie so gepackt, dass mir das alles vollkommen egal war. Nach kurzer Zeit hatte ich eine dicke Hornhaut auf den Fingerkuppen der linken Greifhand und die Nagelbetten meiner rechten Hand waren ständig blutunterlaufen.

Ich spielte Gitarre wie ein Verrückter! Vielleicht auch, um den frühen Tod meiner Mutter im Frühjahr 1972 zu vergessen; mir die Trauer sozusagen aus dem Leib zu spielen. Es ging so weit, dass ich mir in der Lehrwerkstatt mit Kreide ein „Griffbrett" auf den Hammerstiel malte und heimlich – wenn immer es möglich war – in der Schweißkabine hinter dem geschlossenen Vorhang die Griffwechsel übte. Mein Ausbilder hatte Verständnis für mich und schaute manchmal einfach weg, denn er war selbst begeisterter Hobbymusiker und spielte gerne auf seiner Schlaggitarre – ein altes russisches Instrument, auf das er unglaublich stolz war.

So verging mein erstes Jahr auf der Gitarre. Ich war inzwischen sechzehn geworden und meine musikalischen Helden waren Black Sabbath, die Beatles, Creedence Clearwater Revival und andere Bands der Zeit. In dieser Hinsicht war ich nicht sonderlich wählerisch. Hauptsache: mit (E-)Gitarre. Ich konnte die Akkorde von „House of the rising sun" und „Streets of London" (fast) fehlerfrei spielen. Mit dem Singen war's leider nicht so weit her, das Stimmen des Instruments war ebenfalls immer noch schwierig für mich (und auch für meine Zuhörer).

Aus der geplanten Band wurde nichts. Wir hatten genau eine Probe absolviert, dann versickerte unser musikalischer Ehrgeiz im Nirvana des Unbestimmten. Zudem passte ich im Lauf der Zeit nicht mehr so ganz zu meinen Mitsängern im christlichen „Sing- und Spielkreis" – denn gegen den erbitterten Widerstand meines Vaters wuchsen meine Haare immer länger, erst über die Ohren, dann bis auf die Schulter, und zuletzt „Matte bis am A....", wie man damals sagte.

Mein großer Bruder war Fan einer Combo der 60-er Jahre: The Ventures. Irgendwie hatte er eine (übrigens rote und durchsichtige!) Schallplatte aus Japan aufgetrieben. Ein Stück der Scheibe hatte es mir besonders angetan: *Classical Gas* von Mason Williams, gespielt auf einer Solo-Gitarre, mit einigen orchestralen Zwischenspielen. Ich hörte das Stück unzählige Male auf unserem Telefunken-Plattenspieler im Wohnzimmer.

Sowas wollte ich auch können!

Einzelne Töne auf der Gitarre spielen, nicht nur geschlagene Akkorde! Der Gitarrist der Ventures spielte das Stück auf einer Gitarre mit Nylonsaiten, also musste so ein Instrument her. Geld hatte ich nicht viel, aber es reichte für ein No-Name-Instrument aus dem Kaufhof, das ich für 70 Mark (also immerhin fast einem Monatslohn) kaufte. Zu Hause musste ich die Gitarre im Schrank verstecken, denn mein Vater hielt nach wie vor wenig von meinen musikalischen Ambitionen und sah mich vor seinem geistigen Auge schon als Straßenmusiker in irgendeiner Fußgängerzone enden. Natürlich hat er sie nach einigen Tagen entdeckt, machte mir unendlich Stress und schloss meine Neuerwerbung erst einmal weg.

So war das!

Nach einigen Tagen jedoch hatte ich ihn weich gekocht, ich bekam meine Sperrholz-Gitarre zurück, bespannte sie mit Nylon-Saiten (auf der Verpackung war ein älterer Mann mit einer gebogenen Pfeife abgebildet, erst später erkannte ich, dass dies Andrés Segovia war) und fing an, die Saiten einzeln zu zupfen.

Das war sehr, sehr schwer!

Tagsüber – ich war inzwischen im zweiten Lehrjahr – die schwere körperliche Arbeit mit Hammer, Meißel, Feile und Schaber in der Lehrwerkstatt und im Betrieb, nach Feierabend dann der Versuch, die filigranen Saiten der Sperrholz-Gitarre zum Klingen zu bringen. Außerdem hatte ich keine Ahnung, wie man bestimmte Töne spielt, es blieb mir nur, irgendwie zu experimentieren, und zwar mit den alten Blockflötenheften, die ich noch aus meiner Schulzeit hatte. So hat alles sein Gutes!

Ich übte weiter wie besessen, so sehr, dass ich oft genug einfach über der Gitarre einschlief, oft noch mit einer brennenden Zigarette im Mund. Nach wenigen Monaten hatte das Instrument zahlreiche Brandflecken auf der Decke von den während meines Schlafes weiter schmurgelnden Zigaretten.

Meine erste Begegnung mit der „großen Welt" der Gitarre kam wieder über den „Sing- und Spielkreis" zustande. Der Akkordeonspieler Udo kannte einen jungen Vikar, der auch Gitarre (nach Noten!) spielte und stellte den Kontakt her. Der Vikar lud mich zu sich nach Hause ein und zeigte mir einige „Fingerpicks", mit denen man „Streets of London" und „House of the rising sun" etwas interessanter begleiten konnte. Das Unvergessliche des Nachmittags war allerdings etwas anderes. „Ich zeig' Dir mal, was man alles machen kann", sagte er und legte eine Schallplatte auf. Das, was ich zu hören bekam, betäubte mich bis ins Mark. So etwas hatte ich noch nie gehört, ich war einfach hin und weg. Es war eine Schallplatte „Guitarra Olé" von einem gewissen Siegfried Behrend (bis dato hatte ich noch nichts von ihm gehört), erschienen bei der Programmzeitschrift „HÖR ZU". Behrend spielte darauf populäre Adaptionen spanischer

Abb.3: Plattencover Guitarra Ole

Flamencos, und zwar für meine Ohren auf allerhöchstem gitarristischen Niveau. Es war mir unglaublich, was der Mann auf seinem Instrument zauberte, es hörte sich so an, als würden mehrere Instrumente gleichzeitig spielen. (Wie sich nachher herausstellte, war dies auch der Fall: Behrend hatte einige Stücke im Multiplay-Verfahren aufgenommen, sozusagen mit sich selbst im Duo gespielt)

Natürlich bestellte ich mir die Scheibe sofort bei Fräulein Möller und sie war für die nächsten Jahre mein kostbarster Besitz. Ich habe keine Ahnung, wie viele tausendmal ich diese Platte gehört habe!

Neue Horizonte

Ab sofort war das „Akkordekloppen" für mich vorbei, ich war wild entschlossen, auch so Gitarre zu spielen wie Behrend auf seiner Platte.

Das aber war einfacher gesagt als getan. Der Vikar konnte mir in dieser Hinsicht auch nicht weiterhelfen, denn seine Kenntnisse beschränkten sich auf Akkorde mit Zerlegungen, also „Fingerpicks".

Wieder kam mir der Zufall zu Hilfe. Mein Banknachbar in der Realschule (übrigens damals der Klassenbeste), Otmar, spielte schon zu Schulzeiten Gitarre.

In der Stadtmitte von Sterkrade gab es einen Brunnen, der als inoffizieller Treffpunkt aller Jugendlichen galt, nicht weit entfernt vom Tor 1 der Hütte. Eines Tages ging ich nach Feierabend noch schnell in die Stadt, um etwas einzukaufen. Ich hatte inzwischen mein Outfit – neben den langen Haaren – auf „Künstler" getrimmt: Dufflecoat, natürlich schwarz, schwarze Cordhose, 3 m langer Schal, Baskenmütze mit rotem Stern. Eben die volle Che Guevarra-Nummer.

Ich kam am Brunnen vorbei und dort saß er Otmar, der im Gegensatz zu mir nach der Realschule weiter zum Gymnasium gegangen war. Wir hatten uns seit über einem Jahr nicht gesehen. Otmar, inzwischen auch mit langen Haaren, Duffle-Coat und Schlägermütze, saß also dort am Brunnen und spielte Gitarre, „klassische" Gitarre, wie wir damals sagten.

„Lass' mich in Ruhe", knurrte er mich an, als ich mich neben ihn setzte. Ich hörte ihm eine Weile zu, und irgendwie kamen wir doch noch ins Gespräch. Klar, dass ich ihm erzählte, auch Gitarre zu spielen (ich verschwieg aber lieber, dass ich lange nicht so viel konnte wie er) und ob wir uns nicht einmal treffen könnten…

Abb. 4: Framus Konzertgitarre

Das Treffen mit Otmar blieb erst einmal aus. Ich fummelte mich weiter durch die Akkordzerlegungen und wagte meine ersten Barré-Griffe.

In der Lehrwerkstatt lief im Gegensatz zu meiner Schulzeit alles bestens – nach dem ersten Lehrjahr war ich Jahrgangsbester und durfte daher „Hilfssheriff" werden. Ich hatte die Aufgabe, meinen Ausbilder drei Monate lang beim Anlernen der neuen Lehrlinge zu unterstützen. Das gefiel mir ganz gut, denn ich hatte viel Zeit, mit meinem Ausbilder über das Gitarrespielen zu reden. Eines Tages bekam einer von den neuen Lehrlingen per Zufall etwas von unseren Gesprächen mit. Ein langer, hagerer Junge mit einem echten Afro-Look, Gunter Goldbaum aus Dinslaken. Es stellte sich sehr schnell heraus, dass er auch Gitarre spielte, sein Vorbild war José Feliciano, der blinde Puertoricaner mit der markanten Singstimme.

Es dauerte nicht lange und Gunter besuchte mich in der elterlichen Wohnung am Stemmersberg.

War *der* gut auf der Gitarre!

Und singen konnte er auch. Vom Feinsten! Er konnte schon mühelos Barrégriffe spielen, hatte eine flinke rechte Hand und beherrschte atemberaubende Fingerpicks. Zudem war er ein unglaublich netter Kerl, mit dem mich in den folgenden Jahren bis zu seinem sehr frühen Tod eine tiefe Freundschaft verband.

Von Gunter konnte ich mir viele Tricks auf der Gitarre abschauen. Außerdem spielte er ein viel besseres Instrument als ich, er besaß eine Gitarre der Marke Aria, die mindestens 250 DM gekostet hatte. Da konnte ich mit meiner Wander-Framus bzw. mit meiner Sperrholz-Gitarre aus dem Kaufhof keinesfalls mithalten. Zum ersten Mal in meinem Leben hielt ich eine „richtige" Konzertgitarre in der Hand. Es war klar, dass ich auch ein solches Instrument haben wollte.

Otmar hatte mir – noch zu Realschulzeiten – oftmals während des Unterrichts unter der Bank Prospekte von Framus gezeigt. Die hatten Konzertgitarren im Angebot, die so um die 250 DM zu kaufen waren. Also sparte ich das Geld zusammen, fand einen Käufer für meine Kaufhof-Gitarre, der sie mir für 40 Mark abnahm, und bestellte bei Fräulein Möller eine Framus Konzertgitarre mit Nylonsaiten.

Was ich damals noch nicht wusste: Die Gitarre hatte zwar eine massive Fichtendecke, der Rest des Instruments bestand jedoch aus lackiertem Sperrholz. Ich war aber stolz wie Oskar mit dem neuen Instrument, und tatsächlich: sie ließ sich wesentlich leichter spielen als die beiden anderen Jammerhölzer.

Von nun an nahm meine Überei auf der Gitarre schon fast groteske Züge an; die schöne, neue Framus war bald mit Schmauchspuren an der Decke übersät, so oft schlief ich mit einer brennenden

Zigarette im Mund über der Gitarre ein. Ich musste die Saiten wöchentlich wechseln, weil ich so viel spielte. Es war ein teures Vergnügen, aber das war mir vollkommen egal.

Biermann und der Gitarrentraum

Ich war so verrückt nach allem, was mit Gitarre zu tun hatte, dass ich auf dem Tonbandgerät meines Bruders (ein Tesla aus der Tschechoslowakei, beim Versandhaus Quelle gekauft) alles von Radio und Fernsehen aufnahm, was irgendwie mit der Gitarre zu tun hatte. Dabei lerne ich auch die damals bundesweit bekanntwerdenden Liedermacher oder „Bänkelsänger" wie Reinhard Mey, Hannes Wader, Franz-Josef Degenhardt und viele andere akustisch kennen. Hauptsache, sie begleiteten sich selbst auf der Gitarre. Allmählich wuchs meine Sammlung an Schallplatten, denn einen guten Teil meines kargen Lehrlingslohns trug ich zum Musikhaus von Fräulein Möller, mit der sich peu à peu eine gute Ratsch- und Tratsch-Bekanntschaft entwickelte.

Eines Tages lief im ersten der beiden Fernsehprogramme eine Sendung über einen Ost-Berliner Liedersänger, dessen Namen ich vorher noch nie gehört hatte: Wolf Biermann. Der spielte zu seinen Liedern Gitarre, also stellte ich das Kohlemikrophon vor den Lautsprecher des Kuba-Fernsehgerätes im Wohnzimmer und schnitt die Sendung mit.

Ich war total fertig: So etwas Gutes hatte ich zuvor noch nicht gehört – sowohl von der literarischen Qualität her als auch von der musikalischen Begleitung, die Biermann auf der Gitarre ablieferte.

Nach wenigen Tagen konnte ich jedes seiner Lieder, jeden seiner Texte mitsingen bzw. mitsprechen, teilweise kann ich das heute auch noch.

Abb. 5: Plattencover W. Biermann

Bei Fräulein Möller bestellte ich flugs die eine Langspielplatte von Biermann, die damals in Deutschland erhältlich war: Chausseestr. 131, die ich mir neben der „Guitarra Olé" von Siegfried Behrend lange Zeit lang täglich mindestens einmal anhörte. Das Cover-Foto der Chausseestr. 131 zeigte Biermann in seinem Wohnzimmer, das über und über mit Bildern, Fotos, Büchern und eben Gitarren gefüllt war. Ein Instrument fiel mir besonders ins Auge: eine Gitarre mit einem wunderschön geschnitzten Kopf, die in einem Sessel lag.

Die will ich haben!!!

Jedoch hatte ich nicht die leiseste Ahnung, wie man an ein solches Instrument herankommen könnte.

Wo ein Wille ist, findet sich aber auch ein Weg. Ich hatte drei Tanten, die in Moabit in West-Berlin in einer Art Rentner-WG zusammenlebten. Kurz entschlossen meldete ich mich zu einem Besuch bei den Dreien an. Mein Plan war es, Biermann – dessen Adresse ich ja von der Schallplatte her kannte – zu besuchen und ihn zu fragen, wie ich an eine Gitarre wie seiner kommen könnte.

Im Juli 1973 fuhr ich dann mit dem Zug nach Berlin, nistete mich bei den Tanten ein, blieb aus Höflichkeit einen Abend lang bei ihnen und erkundete dann auf eigene Faust die Stadt, die zu dem Zeitpunkt die größte Weltstadt war, die ich je gesehen hatte. Am dritten oder vierten Tag meines Aufenthaltes klärte ich die Damen über mein Vorhaben, in den Osten zu gehen auf, was bei ihnen einigermaßen großes Entsetzen hervorrief. „Aber nicht mit der S-Bahn fahren" rieten sie mir „die gehört der DDR". „Nichts Politisches sagen, dann wirst Du verhaftet" – eben alles das, was damals als gefährlich galt. Kurz vor meiner Abfahrt steckten sie mir noch 30 Ost-Mark zu, die sie von ihrem letzten Ost-Aufenthalt zurückgebracht hatten. Das war zwar strengstens verboten, aber welcher Ost-Zöllner durchsucht schon drei alte West-Damen auf Schmuggelgeld?

Kurze Zeit später schwebte ich mit der S-Bahn (!) in den Bahnhof Friedrichstraße ein. Überall standen Grenzsoldaten mit MP im Anschlag, es roch nach Desinfektionsmittel und 2-Takt-Benzin und irgendwie schien ein Grauschleier sich über den Ostteil der Stadt gesenkt zu haben.

Ich konnte ohne größere Probleme einreisen, machte meinen Mindestumtausch (fünf Mark West gegen fünf Mark Ost) und stand nach kurzer Zeit Unter den Linden vor dem Brandenburger Tor – nur diesmal von der anderen Seite aus.

Dank eines Stadtplans, den mir meine Tanten mitgegeben hatten, fand ich die Chausseestraße sehr schnell – ein paar Schritte über die Friedrichstraße, über die Weidendammer Brücke, vorbei am

Deutschen Theater und schon war ich am Ziel angelangt.

Mit einigermaßen weichen Knien betrat ich das Haus, in dem Biermann wohnte, stieg die Treppen

Abb.6: Chaussestr. 131, 1973

– so glaube ich mich zu erinnern – zweite Etage.

Abb. 7: Mieterverzeichnis

Tatsächlich: da stand ein Klingelschild mit dem Namen Biermann und eine Klingel mit einem zweiten Namen: J. Friedrich. Neben Biermanns Klingelschild an der Wohnungstür war ein handgeschriebener Zettel angeklebt: Für Biermann nicht bei Friedrich klingeln!!

Brav und mit bangem Herzen klingelte ich nur bei Biermann an – aber nichts tat sich. Ich versuchte es mehrfach – keine Reaktion.

Sollte ich vergebens gekommen sein?

Was tat ich? Klar, ich schellte bei Friedrich. Schon nach dem ersten Versuch öffnete sich die Tür, und eine ältere Dame streckte ihren Kopf heraus. „Ja?" Ich entschuldigte mich für die Störung und sagte dann „Ich will zu Herrn Biermann". "Dann schellen Sie doch bei ihm", sagte sie sehr ruhig und überhaupt nicht unfreundlich.

„Hab' ich, aber er ist wohl nicht da", antwortete ich. „Ach, ich hab' ihn doch eben noch gehört". Sie drehte sich um, ließ die Tür offenstehen und verschwand in dem hinter ihr liegenden Flur. Ich

konnte erkennen, dass die Wohnungstür vom Hausflur aus zu zwei verschiedenen Wohnungen (heute würde man sagen Appartements) führte. Frau Friedrich ging zu der rechts liegenden Tür und polterte mit der Faust dagegen.

Abb. 8: Wolf Biermann, 1974

„Herr Biiiiiieeermann, hier ist Besuch für Siiiieee!" schrie sie.

Nach einigem Gepolter öffnete sich tatsächlich die Tür zu Biermanns Wohnung und er streckte seinen Kopf heraus.

Offensichtlich unwillig und mürrisch kam er an die Wohnungstür, öffnete sie ganz, sah mich an und machte eine tiefe Verbeugung vor mir.

„Ich will sie bestimmt nicht stören", stammelte ich vor mich hin, „aber ich bin gerade *zufällig* in Berlin und wollte Sie besuchen." (Etwas gelogen, aber egal!) „Das ist schön", sagte er freundlich, bat mich herein, nicht ohne zu betonen, dass er nur wenig Zeit habe. Er zeigte mir sein Wohnzimmer, und ich konnte endlich meine Frage loswerden, indem ich auf das am Bücherregal hängende Instrument wies: „Was ist das für eine Gitarre?"

Wer Biermann ein bisschen kennt, weiß, dass eine solche Frage bei ihm lange, schöne und lebendige Erzählungen auslösen kann. Aber er hatte wohl wirklich nicht viel Zeit (oder auch keine Lust, sich mit einem knapp siebzehnjährigen langhaarigen Westler lange zu unterhalten) und sagte nur: „Das ist eine Weißgerber aus Markneukirchen, die gibt's aber hier nicht zu kaufen." Weißgerber, der Name genügte mir vollkommen; ich hatte mein Ziel erreicht.

So schnell wie ich in der Wohnung war, so schnell komplimentierte mich Biermann wieder heraus. Aber ich war überglücklich, weil ich einen meiner Heroen persönlich kennengelernt hatte und nun wusste, wie die Gitarre meine Träume heißt.

Auf dem Rückweg zum Bahnhof Friedrichstraße trank ich in einer Kneipe noch eine Ost-Cola und einen Kaffee, um meinen Mindestumtausch zu verprassen. Die 30 Ostmark von meinen Tanten wollte ich wieder mit zurücknehmen und für einen weiteren Besuch im Osten aufsparen. Dachte ich!

An dem, was an der Grenze nachher passierte, kann man erkennen, wie naiv ich damals war.

Natürlich stand – was ich damals nicht ahnte, obwohl oft genug von Biermann spöttisch besungen – Biermanns Wohnung unter ständiger Stasi-Bewachung. *Natürlich* folgten mir die offiziellen und inoffiziellen Mitarbeiter der Behörde nach dem Besuch in Biermanns Wohnung auf Schritt und Tritt. Und *natürlich* wurde ich an der Grenze bei der Ausreise erst einmal zur Seite genommen. Eine außerordentlich unfreundliche Sächsin nahm sich meiner an und verhörte mich gut zwei Stunden lang. Die dreißig Ost-Mark, die ich ja eigentlich gar nicht haben konnte, da ich sie nicht eingewechselt hatte, dienten ihr als Indiz für kriminelle Machenschaften meinerseits. Es waren die schlimmsten Stunden meines bis dahin noch jungen Lebens. Ich sah mich schon in irgendeinem DDR-Gefängnis verrotten, denn dieser Eindruck wurde von den Grenzsoldaten bei mir geweckt.

Nach und nach merkte die strenge Grenzsoldatin aber wohl doch, dass ich durchaus harm- und planlos war. Nachdem die dreißig Ost-Mark konfisziert waren, durfte ich dann – versehen mit eindringlichen Warnungen für zukünftige Besuche in der Hauptstadt der DDR – das Land verlassen und gen Westen ausreisen.

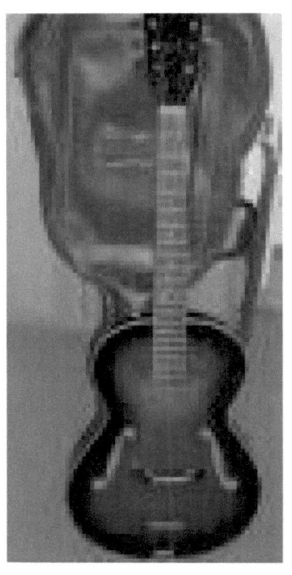

Abb.9: Jazz-Gitarre Suzuki

Ich erzählte meinen Tanten nichts von den Vorfällen an der Grenze, von denen hätte ich mir dann wohl die zweite „Packung" eingeholt, aber mir reichte es jetzt schon.

Noch Jahre später hatte ich jedes Mal, wenn ich durch die Transitstrecke der DDR oder nach Ost-Berlin einreiste, ein mulmiges Gefühl.

Im Berliner Westen gab es zahlreiche Trödelhändler (heute sagt man „Second-Hand-Shop"), deren Läden ich nach Gitarren absuchte. Bei einem Händler in Moabit fand ich zwei Gitarren, die mir interessant erschienen, eine Schrammel-Gitarre mit zwei Hälsen und eine Jazz-Gitarre von Suzuki, beide für 40 Mark zu kaufen. Da die Schrammel-Gitarre auf dem zweiten Hals keine Bünde hatte, was ich in meiner Naivität als Fehler zu erkennen glaubte, und ich nur noch wenig Geld zur Verfügung hatte, entschied ich mich für die Jazz-Gitarre, die ich in meiner im Aufbau befindlichen Gitarrensammlung übernahm.

Zurück in Oberhausen hatte ich nur noch ein Ziel: Es muss eine Weißgerber her, koste es, was es wolle. In Oberhausen gab es damals nur das Musikhaus Möller. Es war nicht damit zu rechnen, dass ich dort auf ein Instrument aus der DDR stoßen könnte. In Duisburg jedoch gab es ein großes Musikgeschäft und ich hoffte, dort eine Gitarre von Weißgerber vorzufinden. Naiv eben! Aber immerhin: Der Besitzer des Ladens kannte zumindest den Namen des Gitarrenbauers (der in Wirklichkeit, so erfuhr ich von dem Händler, Richard Jakob hieß) und wusste, dass die Instrumente gut, aber nicht billig waren. Eine Bezugsadresse konnte er mir aber nicht nennen. So musste ich – nach einigen weiteren Fehlversuchen in den Musikgeschäften der Nachbarstädte – meinen Traum von einer „Weißgerber" von Richard Jakob vorerst einmal begraben.

Aber mittlerweile war ich immerhin stolzer Besitzer von drei Gitarren im Gesamtwert von gut 200 Mark: Eine Wandergitarre von Framus, die ich mittels eines Tonabnehmers und sehr zum Leidwesen der Nachbarschaft in eine elektrische Gitarre umgebaut hatte, eine Konzertgitarre von Framus und nun eine Jazz-Gitarre mit sogenannten F-Löchern, mit der ich aber vorerst überhaupt nichts anfangen konnte.

Die kleine Framus wurde an ein altes Röhren-Radio (Saba, mit „magischem Auge") mittel Bananen-Stecker angeschlossen und ich konnte darüber mit einer beachtlichen Lautstärke meine Nachbarschaft über den Fortgang meiner gitarristischen Übungen informieren.

Szeneeinstieg

Eines Tages traf ich nach der Arbeit zufällig einen ehemaligen Schulkollegen, Norbert oder besser unter seinem Spitznamen bekannt: Pseudo. Seine und meine Eltern waren befreundet, von daher hatten wir schon zu Schulzeiten des Öfteren Kontakt miteinander, waren aber nicht sonderlich eng miteinander befreundet. Ihm war zu Ohren gekommen, dass ich nach der Realschulzeit mit dem Gitarrespielen begonnen hatte und er lud mich ein, ihn zu einer Freundin zu begleiten, die so was Ähnliches wie eine eigene Wohnung im elterlichen Haus bewohnte. Diese Wohnung hatte sich einem Treff-punkt all derer entwickelt, die noch zu Hause in ihren Kinderzimmern wohnten und einen Flucht-punkt vor der elterlichen Kontrolle suchten. Es wa-ren auch einige angehende Gitarristen darunter, und fast jeden Abend wurde in Claudias (so hieß das Mädchen) Wohnung „Session gemacht".

Für mich war das, was ich bei Knobel (Claudias Spitzname) erlebte, eine vollkommen neue Welt. Jeden Abend war etwas los bei ihr, und fast jeder ihrer Gäste hatte irgendwie was mit der Gitarre zu tun. Da gab es die Blues-Fraktion mit Choper, Hil-ler, Franek und Tommy, die Klassiker wie Pitter, Okieh, Michel und die E-Gitarren-Rocker mit Lino, Dolly und vielen anderen. Direkt gegenüber von ihr wohnte Mister Knister, der sich nachher als Kin-derbuch-Autor und Liedermacher einen Namen machen sollte.

Knobels Bruder, heute Grundschullehrer am linken Niederrhein, er spielte auch Gitarre und sang dazu französische Revolutionslieder, war eng ver-bandelt mit den Leuten der Kommune 1 in West-Berlin, die seit den 1968'er Jahren für rege öffent-liche Diskussionen und Skandale sorgte.

Anfangs wurde ich von allen ständigen Gästen bei Knobel eher als Opfer des menschenverachten-den Kapitalismus angesehen, denn ich war tatsächlich der einzige ständige Gast, der einer regelmäßigen Arbeit nachging bzw. aus deren Sicht als Lehrling ausgebeutet wurde. Alle anderen waren Schüler auf irgendeinem Gymnasium der Stadt, und bei den meisten von Ihren drängte sich der Eindruck auf, dass sie den Aufenthalt in der gymnasialen Oberstufe so lange wie möglich ausdehnen wollten.

Nach kurzer Zeit war ich jedoch voll akzeptiert, zumal ich beim Gitarrespielen zumindest mithalten konnte. Fast jeden Abend trafen wir uns bei Knobel, um dort einige Biere zu trinken oder gemeinsam etwas zu kochen. Irgendwann beging ich den Fehler, Knobel von meinen drei Gitarren zu erzählen, nicht ahnend, dass ich damit an ihr Helfer-Syndrom appellierte.

Abb.10: Lehrwerkstatt der GHH, ca. 1970

Eines Tages – ich spielte gerade Gitarre, was sonst? – schellte es in meiner elterlichen Wohnung, und nach dem Öffnen der Haustür stand ein Junge mit schulterlangem, lockigen braunen Haaren auf der Treppe.

„Hallo, ich bin der Dolly", stellte er sich vor. „Knobel hat mir erzählt, dass Du drei Gitarren hast." Ich bat ihn herein, aber er blieb hart am Thema. „Drei Gitarren kannst Du doch nicht gleichzeitig spielen, da kannst'e mir doch eine leihen, ich hab' nämlich keine." Die Argumentationskette war zwingend. So kam es, dass ich jemanden, den ich gar nicht kannte, eine meiner Gitarre auslieh. Das Schöne daran ist, dass aus dieser etwas merkwürdigen ersten Begegnung eine meiner langjährigsten und intensivsten Freundschaften entstanden ist. Dolly entwickelte sich zu einem Gitarristen der „Sänger- und Band-Fraktion" und spielt noch heute in einer Band.

In der Lehre lief alles bestens für mich. Als Maschinenschlosser hatte ich etwas gefunden, was mir großen Spaß machte. Es lief so gut, dass mir von der Ausbildungsleitung angeboten wurde, eine Klasse zu überspringen und die Abschlussprüfung vorzeitig abzulegen. Selbstverständlich nahm ich das Angebot freudig an, sodass ich im Frühjahr 1974 nach etwas mehr als zwei Jahren die Facharbeiterprüfung zum Maschinenschlosser mit Glanz und Gloria bestand. Es war damals üblich, dass man als Jung-Facharbeiter sofort übernommen wurde. Ich fand meine neue Arbeitsstelle im Kolbenmaschinenbau als Akkord-Facharbeiter in einer Werkstatt im gleichen Gebäude der Lehrwerkstatt. Dadurch konnte ich weiterhin Kontakt zu meinem Freund Gunter Goldbaum und zu meinem musikalischen Ausbilder weiterhin halten.

Im selben Jahr verheiratete sich mein Vater neu und gab die Wohnung am Stemmersberg auf. Ich bezog mit meinen gerade 17 Jahren einige hundert Meter weiter ein „möbliertes Zimmer", kaum 10 Quadratmeter groß, Toilette auf dem Hof, im Anbau eines Einfamilienhauses. Über mir wohnte eine schwerhörige alte Dame, kurz, ich hatte beste Bedingungen, auch zu nächtlichen Zeiten auf der Gitarre zu üben. Als Facharbeiter verdiente ich nun auch genug Geld, um ein vergleichsweise angenehmes Leben führen zu können.

Eines Abends fuhr ich nach Oberhausen, denn dort gab es einige Kneipen, in denen man mit etwas Glück Gleichaltrige treffen konnte. Eine Kneipe war der Saloon (im Jargon Salong genannt), im Stil eines Western-Saloons aufgemacht, mit einem langen Tresen und alles in Naturholz. Sehr rustikal und geschmacklos, aber egal, Hauptsache das Bier schmeckte.

Ich sah sofort, dass mein Schulkollege Otmar, der Gitarrist, allein an der Theke saß. Ich setzte mich neben ihn. Gegenüber der Theke, hinter den Schnapsflaschen, war im Stil eines Western-Saloons ein Spiegel angebracht. Kaum saß ich, waren wir zwei Western-Helden, die wortkarg nebeneinandersitzen und Informationen austauschen. Wir sahen uns während des Gespräches nicht ein Mal an, unser Blickkontakt ging über die Stunden hinweg nur über den Spiegel. Heraus kam auf jeden Fall eine Verabredung zum Gitarrespiel in meiner neuen „Wohnung".

Konzertgitarre

Mittlerweile spielte ich seit drei Jahren Gitarre, allerdings mehr von Begeisterung als von musikalischer Sachkenntnis getragen. Gitarrenlehrer gab es zu dieser Zeit in Oberhausen nicht, außer einem Hobbymusiker und eine Hobbymusikerin, die an der gerade in der Entstehung begriffenen Musikschule ihre nicht gerade üppige musikalische Erfahrung weitergaben.

Otmar konnte da einiges mehr vorweisen, er verfügte – woher auch immer – über eine recht solide Technik, die er an mich weitervermittelte. Von ihm lernte ich, die Finger der rechten Hand beim

Melodiespiel an die nächste Saite anzulegen, das sogenannte „apoyando"[4], das er bestens beherrschte. Bis dahin hatte ich noch niemanden kennengelernt, der so virtuos über die Saiten fräsen konnte.

Abb. 11: Gitarre „Hagstroem", Modell Isabella

Otmar hatte sich inzwischen eine neue Konzertgitarre angeschafft, ein Modell „Isabella" des schwedischen Gitarrenbauers Hagstroem. Ein wunderschönes Instrument, das meinen unverhohlenen Neid erweckte.

---

[4] Man unterscheidet zwei hauptsächliche Anschlagsarten auf der Gitarre: Das „tirando", bei dem die Finger über die tiefere Saite hinweggehen und das „apoyando", bei dem der Anschlagsfinger nach dem Anschlag an die tiefere Saite angelegt wird.

Otmar war nach der Realschule weiter zum Gymnasium gegangen, hatte sich weiterhin intensiv mit Musik beschäftigt und war wild entschlossen, Musikwissenschaften zu studieren.

Für einen Maschinenschlosser wie mich war das natürlich eine andere Welt. Und Otmar konnte Noten lesen und die dann auch noch auf der Gitarre umsetzen. Als er bei mir war, konnte er mir ein Stück von Johann Sebastian Bach (Bourrée aus der ersten Lautensuite[5]) und einige Stücke von Francisco Tàrrega[6] vorspielen.

Das will ich auch können!

Ich ließ mir von ihm einiges erklären, jetzt fehlten nur noch die Noten.

Also: wieder zum Musikhaus Möller. Dort lag in einer Art Apothekerschrank ein Stapel Gitarrennoten, die jedem Gitarristen meiner Generation noch einen Schauer des Unwohlseins über den Rücken jagen. Namen wie Walter Götze („Die Stunde der Gitarre") Erwin Schwartz-Reiflingen („Grieg für die Gitarre") und Nelissen-Nikolai („Zeigende und sprechende Gitarrenschule") sprechen für sich.

---

[5] Die Bourrée von Bach war ein beliebtes Stück für die Konzertgitarre, nachdem es von der Band „Jethro Tull" in swingender Version für Querflöte „gecovert" wurde.
[6] Der Spanier Francisco Tárrega (1852-1909) war der Begründer der modernen Gitarrentechnik.

Ich wählte für meine ersten Gehversuche auf der Konzertgitarre zwei preisgünstige Notenausgaben aus: Pavanen von Don Luis Milan (mit vielen Akkorden, die ich zu können glaubte) und eine Sonate von Domenico Scarlatti in der Ausgabe von Andrés Segovia, dessen Namen ich schon einmal im Zusammenhang mit der Gitarre gehört hatte[7].

Ich hatte nicht den Schatten einer Ahnung, wie die Stücke klingen könnten, die Noten sahen aber hochprofessionell aus und ich war mir sicher, dass die Welt nur auf mich wartete, um diese musikalischen Schätze zu heben.

Die Pavanen von Milan (in einer Ausgabe von Erwin Schwartz-Reiflingen) konnte ich nach einiger Zeit des Übens und Entzifferns auch ganz leidlich spielen.

Anders war es mit der Scarlatti-Sonate. Abgesehen davon, dass sie mindestens drei Nummern zu schwer für mich war, war ich mit dem Entziffern der Noten schon reichlich gefordert, denn der Ambitus (Tonumfang) des Stückes geht über genau drei Oktaven. Mich hatte aber der Ehrgeiz gepackt, und so fummelte ich mir das Stück Ton für Ton zurecht. Ich weiß nicht, wie lange es gedauert hat, bis ich durch die erste Hälfte der Sonate durchkam,

---

[7] Andrés Segovia (1893-1987) gilt als *der* Wegbereiter der Konzertgitarre im 20. Jahrhundert.

wahrscheinlich mehrere Monate. Dummerweise hatte ich keine Ahnung, wie das Stück klingen würde, und ohne Gitarrenunterricht hatte ich kein Regulativ. Also half ich mir mit einem Trick: Ich nahm mein Spiel mit dem Tonbandgerät meines Bruders auf 4,75 cm/s langsam auf und spielte dann das Band mit der doppelten Geschwindigkeit ab. Dadurch wurde zwar die Tonhöhe verdoppelt, aber auch das Tempo, sodass ich mir eine Vorstellung von der Musik machen konnte.

Nachdem ich die Stücke aus diesen Heften einigermaßen spielen konnte, gab es für mich kein Halten mehr. Ich bestellte nahezu wöchentlich Noten bei Fräulein Möller, die einen ausgezeichneten Bestellservice hatte. Im Normalfall waren bestellte Noten oder Schallplatten zwei Tage nach Bestellung vorrätig, viel besser und schneller als in der heutigen Zeit der Online-Bestellungen. Zu Hause fraß ich mich buchstäblich durch die musikalische Literatur, die mir die Welt der Konzertgitarre erschloss.

Die Gitarrentechnik war immer noch – gelinde gesagt – wildwüchsig, aber es reichte, um die Stücke zu spielen, der Rest war mir erst einmal egal.

Von Otmar hatte ich auch gelernt, dass man Fingernägel zum Gitarrenspiel braucht.[8]

Das ist für jemanden, der täglich mit Stahl und Werkzeugen arbeitet, nicht ganz so einfach. Ich ließ die Nägel an der rechten Hand dennoch lang – zu lang – wachsen, wenngleich ein Nagelbruch ein nahezu tägliches Ereignis war.

In dieser Zeit spielte ich viele Duos zusammen mit Otmar, der mir gitarristisch immer noch weit überlegen war, aber der Abstand zwischen uns schmolz allmählich dahin. Otmar absolvierte schon seine ersten öffentlichen Auftritte, bestens unterstützt von unseren gemeinsamen Freunden. Mit einem Flötisten, Flöms, spielte er zusammen Literatur für Flöte und Gitarre, die 2-er Formation hatte den schönen Namen „Klüngelspitt". Mit gelegentlichen Auftritten im Jugendzentrum, in Altersheimen(!) und sonstigen Spielstätten konnten die beiden ihre ständige Finanznot zumindest lindern.

Otmars und meine Freundschaft hing nicht nur mit der Gitarre zusammen, unsere gemeinsamen Züge durch die Gemeinde sind legendär. Nahezu jedes Wochenende tourten wir durch die Kneipen Oberhausens, oft genug saßen wir an Wochenenden

---

[8] Das weit verbreitete Nagelspiel auf der Gitarre erfordert eine tägliche intensive Nagelpflege, um einen schönen Klang auf der Gitarre zu erhalten.

in der „Fabrik-K 14", einer alternativen „Künstlerkneipe" mit (linkem) politischem Anspruch und spielten dort Gitarre. Die anderen Gäste setzten sich mit zu uns an den Tisch, und ab und zu sprangen einige Freibiere für uns dabei heraus.

Ein angenehmer Nebeneffekt unserer Kneipenmusiken war, dass ich nach und nach so ziemlich alle Leute kennenlernte, die in Oberhausen und Umgebung Gitarre spielten – und das waren schon einige. Ich denke, nach einigen Monaten waren wir bekannt wie die berühmten „bunten Hunde".

Ein Problem blieb aber für mich: Als Facharbeiter hatte ich zwar mehr Geld auf der Tasche als alle meine Freunde zusammen, aber ich musste um sechs Uhr morgens mit der Arbeit anfangen. Wenn meine Freunde, alle noch Schüler, also loszogen, um die eigene Trinkfestigkeit zu testen, musste ich mich entweder zum Schlafen verabschieden oder einen schlimmen Tag an der Werkbank einplanen. Außerdem war ich mittlerweile fest entschlossen, das Gitarrespielen zu meinem Beruf zu machen, also Gitarre zu studieren. Es gab damals noch nicht sehr viele Hochschulen mit Gitarrenklassen in Deutschland, aber mit Essen und Duisburg lagen gleich zwei davon in direkter Nachbarschaft zu Oberhausen.

Irrtümlich glaubte ich, dass man für ein Gitarrenstudium unbedingt das Abitur brauchte. Also musste hier etwas geschehen. Mein Vater, der von meinen musikalischen Ambitionen überhaupt nichts hielt, war jedoch hocherfreut, dass ich vorwärtskommen wollte – er meinte natürlich mit dem Ziel des Ingenieurstudiums.

So gab ich im Sommer 1974 meine Arbeitsstelle bei der GHH auf und meldete mich an der Fachoberschule in Oberhausen an, um dort mein „Fachabitur" im Fachbereich Metalltechnik zu machen.

Eine Begegnung des Jahres sollte aber mein zukünftiges Leben nachhaltig ändern. Eines Tages – ich war gerade nach Arbeitsschluss auf dem Weg nach Hause – kam mir ein Junge entgegen, so ca. zwei Jahre jünger als ich. Als wir auf gleicher Höhe waren, sprach er mich an: „Bist Du der Helmut Richter?" Ich konnte dies nicht leugnen, und er stellte sich als Dirk vor. Den Namen hatte ich schon einmal von meinen Eltern gehört, die erzählten, ein Freund des Sohnes einer befreundeten Familie spiele auch Gitarre und habe wohl mit einigem Erfolg ein Stück im Sommerkonzert des Bottroper Gymnasiums auf der Gitarre dargeboten. Solche Dinge wurden mir mit Vorliebe beim Abendessen bei meinen Eltern erzählt, immer mit dem Unterton „…und Du?"

Das war also Dirk – zwei Jahre jünger als ich, einen Kopf kleiner, aber ausgestattet mit einer große Klappe und einem Selbstbewusstsein, wie ich es bislang noch nicht erlebt hatte.

Er erzählte mir, dass er bei einer pensionierten Professorin Gitarrenunterricht habe und dass die ganz große Karriere auf ihn wartet. Und dass er gerade die Cello-Suiten von Bach spiele, die wären ja leicht. Und ob er nicht mal bei mir vorbeikommen könnte, vielleicht könne man ja einmal Duo spielen, wenn's passt.

Einige Tage später stand er in meiner elterlichen Wohnung auf der Matte. Er hatte eine alte Hopf-Gitarre dabei und fummelte sich irgendwie durch die Stücke, zwar ausgestattet mit einer guten manuellen Begabung, aber einer – wie ich das zu beurteilen können glaubte – sehr entwicklungsbedürftigen Technik.

Trotzdem beschlossen wir, einige Stücke im Duo zu spielen, um damit umgehend berühmt zu werden. Unser Repertoire bestand vorerst aus einem Stück „Donna Diana" von Carl Maria von Weber, „Le Rossignol" eines anonymen Lautenmeisters der Renaissance sowie einer Pavane von Johann Rosenmüller.

Nachdem wir uns so einigermaßen durch die Stücke fummeln konnten, schlug er vor, diese der pensionierten Professorin vorzuspielen. Ich spielte nunmehr seit drei Jahren Gitarre und hatte bislang noch keine Minute Gitarrenunterricht gehabt – wenn man von dem Besuch beim Vikar und den Tipps von Gunter und Otmar absieht. Ich war also absoluter Autodidakt, ein Schicksal, das ich mit zahllosen Gitarrespielern teilte. Klar, dass ich gespannt war, was die Dame so alles zu sagen hatte.

Die Dame wohne im benachbarten Altersheim.

Sehr schnell wurde mir klar, dass ich (mal wieder) dem Gerede von Dirk aufgesessen war: Die gute Frau hatte das Gitarrespiel in ihrer Jugend autodidaktisch gelernt. Beruflich hatte sie mit Musik nie etwas zu tun, erst recht nicht als Professorin. Die hatte weniger Ahnung als ich! Es war typisch für Dirk, dass er sich seine Welt so zurechtbog, wie er sie gerade brauchte. Hauptsache, es wirkt.

Trotzdem spielten Dirk und ich noch einige Monate Duo, bis er in der Hoffnung auf die Weltkarriere die Schule in der 10. Klasse abbrach, schnell drogenabhängig wurde und nach und nach alles – auch seine Noten und Gitarren – verhökerte, um an seinen Stoff zu kommen. Trotzdem war die Begegnung mit Dirk von großem Einfluss auf alles, was noch kommen sollte. Dazu später mehr.

Eine weitere Begegnung fand ebenfalls 1974 statt. Ich war mal wieder im Musikhaus Möller, um nach Noten zu stöbern, als ein recht großer, hagerer Typ den Laden betrat. Nun war es an mir, den ersten Schritt zu unternehmen, denn ich hatte bei Knobel gehört, dass dort ab und zu einmal ein sehr guter Gitarrist namens Peter, genannt Pidder auftauchte. Es hieß, er wolle Gitarre studieren, und alle schwärmten von seinem gitarristischen Können.

„Bist Du zufällig der Pidder?", fragte ich ihn, zugegebenermaßen ungeschickt formuliert, meiner Meinung nach aber verständlich. Der lange Kerl musterte mich lange von oben bis unten und sagte nur „*Der* bin ich nicht *zufällig*". Soviel zu juveniler Arroganz. Unser „Gespräch" war danach auch sehr schnell zu Ende, so wenig Interesse zeigte mein Gegenüber einer Fortsetzung der Unterhaltung. Trotzdem entwickelte sich im Laufe der Jahre eine Freundschaft zwischen uns, die bis in die heutigen Tage anhält und sogar – durch Patenschaften bei unseren Kindern und Trauzeugentum – fast schon familiären Verhältnissen entspricht.

Zurück zu Schule.

Zum 1. August 1974 kündigte ich die Stelle als Facharbeiter bei der GHH und besuchte ab dann die Fachoberschule für Technik, Klasse 12. Klar, dass ich in meiner Klasse wenig Mitschüler fand, die sich für Musik interessierten. Nur mein Banknachbar (natürlich in der letzten Reihe) hatte ein Faible für Kunst; er wurde nachher Filmproduzent. Sonst blieb mir von dieser Klasse nichts im Gedächtnis – bis auf eine Klassenfahrt nach Schottland im Jahr 1975.

Weihnachten 1974. In mühevoller Kleinarbeit hatte ich meinen Vater so lange bearbeitet, bis er mir statt der üblichen Geschenke einfach Geld schenkte, um mir selbst etwas davon zu kaufen. Ich stockte den Betrag von meinem eigenen Ersparten auf, verkaufte die Framus für 100 Mark – mehr ging nicht, wegen der Schmauchspuren – und kaufte mir eine neue Gitarre – was sonst. Die erste Gitarre, die ich auch heute noch als solche bezeichnen würde, immerhin zahlte ich fast 500 Mark dafür in einem Musikgeschäft in Duisburg. Es war ein südamerikanisches Instrument, der Hersteller hieß BeSyBo, ein Name, den ich weder vorher noch in späteren Zeiten noch einmal gehört hatte. Egal, ich war heiß verliebt in dieses Instrument, und es hat mir über Jahre hinweg gute Dienste geleistet. Mit der Gitarre kaufte ich auch für mehrere hundert Mark Noten ein, damit war das kommende Jahr 1975 für mich in gitarristischer Hinsicht gerettet. Natürlich war die eingekaufte Literatur viel zu schwer für mich und meine bis dato unterentwickelte Technik, aber ich war überglücklich und kämpfte mich Note für Note durch die Standardstücke der Gitarrenliteratur.

Noch in den Weihnachtsferien trieb ich bei einem Trödelhändler einen alten Gitarrenkoffer aus Pappe(!) auf, der in einem Schuppen auf dem Hof vor sich hin schimmelte. Für 40 Mark (Halsabschneider! Verbrecher!) trennte der Mann sich von dem Teil, das keine Schlösser hatte, sondern mit einem Hosengürtel zusammengehalten wurde. Innen war der, nachdem ich ihn mit Schuhcreme behandelt hatte, wieder schwarze Koffer mit rotem Fließ ausgeklebt. Das war mir alles egal, denn jetzt hatte ich zum ersten Mal in meinem die Grundausstattung eines richtigen Musikers: ein halbwegs brauchbares Instrument, einen Koffer für den Transport desselben und eine Auswahl der wichtigsten Werke der Gitarrenliteratur.

Schallplatten

Parallel zu all den Einkäufen rund um die Gitarre entwickelte ich eine neue Leidenschaft: Schallplatten! Ich kaufte – sofern ich Geld hatte – jede Schallplatte, die auch nur im Entferntesten etwas mit der Gitarre zu tun hatte. Zuerst natürlich die Platten der berühmten Gitarristen: Segovia, Yepes, Bream, Behrend und wie sie alle hießen. Ich hörte mir die Platten wieder und wieder an, und oft genug besorge ich mir die passenden Noten der eingespielten Stücke gleich mit, um mit der Platte „mitzuspielen". Zudem entdeckte ich für mich eine neue musikalische Stilrichtung: Südamerikanische Gitarrenmusik. Insbesondere der brasilianische Gitarrist Roberto Baden Powell de Aquino[9] hatte es mir angetan, seine Platten gehörten zu meinem ständigen Hör-Repertoire, bis in die heutigen Tage hinein.

In den meisten Fällen reichte aber eine Gitarre auf dem Cover schon vollkommen aus, um meinen Kaufreiz wie bei einem Pawlow'schen Hund in Gang zu setzen. Deshalb verfüge ich auch heute noch über eine ganz nette Sammlung von Platten der „Liedermacher", die in der Mitte der 70-er Jahre als „Bänkelsänger", Blödelbarden, Protestsänger, Volkssänger und wie auch immer zu kleiner oder großer Berühmtheit gelangten.

Im Frühjahr 1975 ging's dann mit der FOS-Klasse auf Klassenfahrt nach Schottland. Klar, dass meine BeSyBo nicht zu Hause bleiben musste. Wir waren bei Gastfamilien untergebracht, ein Mitschüler und ich bei einem sehr netten Ehepaar, das sich für Musik interessierte und darüber hinaus extrem trinkfest war. Ich kann mich erinnern, den Gastge-

---

[9] Der 1937 in Rio de Janeiro geborene Gitarrist und Komponist gehört zu den wichtigsten Bossa Nova-Pionieren und war einer der ersten, der Jazz und Klassik mit Samba oder Afromusik mischte.

ber beobachtet zu haben, wie er nachts um elf mit dem Auto vorfuhr, die Autotür öffnete, herausfiel und dann auf allen vieren bis ins Wohnzimmer kroch, wo er stockbesoffen einschlief. Ich hatte es jeden Abend wenigstens noch bis zu Bett geschafft.

Bestandteil der Klassenfahrt war ein gemeinsamer Ausflug nach Edinburgh. Nach den üblichen geführten Besichtigungen wurden wir von unseren Lehrern mit den ebenso üblichen wie erfolglosen Mahnungen zum Wohlverhalten für einige Stunden für eine Erkundung der Stadt auf eigene Faust entlassen.

Abb.12: Die Rückseite meiner „DiGiorgio", 1976

Während alle anderen sofort in den schottischen Kneipen verschwanden, suchte ich nach einem Musikgeschäft, um zu sehen, was es in Schottland an Noten und Gitarren zu kaufen gab. Schnell hatte ich auch ein Geschäft gefunden und traf dort auf die nächste große Liebe meines Lebens: Eine wunderschöne Gitarre des brasilianischen Herstellers Rainaldo DiGiorgio. Ich kannte das Instrument von einem Schallplattencover des von mir hoch verehrten brasilianischen Gitarristen Baden-Powell. Ich beschloss, den Laden nicht eher zu verlassen, bis dies Instrument das meine war, denn ich lag sprichwörtlich auf den Knien vor diesem wunderschönen Instrument.

Ernüchternd war allerdings der Preis: 285 Pfund! Das waren damals weit über 900 Mark. Ich hatte vielleicht noch 50 Mark auf der Tasche, die ich für die nächsten Tage für Bier und

Abb. 13: Plattencover Baden-Powell

Fisch&Chips brauchte. Da war aus eigener Kraft nichts zu machen.

Traurig trottete ich zurück zum vereinbarten Treffpunkt und erzählte meinen Mitschülern von der Gitarre. Wir zählten alle unser Geld, aber selbst dann, wenn wir für den Rest der Woche auf Essen und Trinken verzichtet hätten, wäre nicht genug zusammengekommen, um die Gitarre zu kaufen.

Also vorerst ade, liebe DiGiorgio! Es sollte noch 30 Jahre brauchen, bis ich – dank Ebay – endlich an ein solches Instrument herankam, denn DiGiorgio hat bis zum heutigen Tag keinen Vertrieb in Deutschland. Kaufanfragen per Internet beim Hersteller verwiesen mich an einen Händler in Spanien, der wohl ab und zu Instrumente importiert. Anfragen bei ihm blieben aber unbeantwortet.

Abb.14 :Erster Auftritt in Schottland

Dafür hatte ich – ausgerechnet in Schottland – meinen ersten (wenigstens fast) öffentlichen Auftritt. Am letzten Abend der Klassenfahrt wurde im örtlichen Gemeindehaus Abschied von den Gastfamilien gefeiert, und nachdem ich mir mit einigen Bierchen und einigen Schnäpschen den nötigen Mut angetrunken hatte, setzte ich mich (mit Dufflecoat und drei Meter langem Schal, dem Gitarrenkoffer als Fußbank) auf die Bühne und spielte auf meiner BeSyBo für die begeistert johlende Menge die Bourrée von Bach, die berühmte Romanze (ja, die) und improvisierte dann irgendwie die englische Nationalhymne. Alle standen auf und sangen mit! Ich war begeistert von mir! An den Rest des Abends kann ich mich dank des vorzüglichen Ale allerdings nicht mehr erinnern. Ich weiß nur noch, dass die Rückreise im Bus nach Deutschland für mich die Hölle war, die schaukelige Schiffpassage von Dover nach Calais war einfach nur grausam.

Auf der Suche nach einer Gitarre

Nach dem „Erste-Liebe-Erlebnis" mit der Di-Giorgio in Schottland suchte ich in Deutschland immer wieder nach Alternativen zu meiner BeSy-Bo, mit der ich zwar recht zufrieden war, die aber durchaus noch Wünsche offenließ.

Abb.15: Gitarre „Max Klein", 1974

Ich ging in jedes Musikgeschäft, das ich zufällig fand, und schaute mir alle Gitarren an. Das einzige Problem, das ich hatte, war das fehlende Geld.

Damals waren die teuersten im Handel erhältlichen Gitarren (dass es Gitarrenbauer gibt, die ihre

Instrumente auch verkaufen, lernte ich erst sehr viel später) Instrumente von einem Instrumentenbauer namens Max Klein in Koblenz. Diese Gitarren kosteten, wenn ich mich recht erinnere, in der Grundausführung um die 1200 DM in Musikgeschäften. Die Instrumente waren an ihrer eher schlichten, schnörkellosen Aufmachung gut zu erkennen. Zahlreiche Profi-Musiker, z. B. Sigi Schwab, Peter Horton und andere spielten auf Instrumenten von ihm – natürlich verfolgte ich solche Dinge aufmerksam im Fernsehen.

1200 Mark waren für mich eine astronomische Summe für eine Gitarre, absolut unbezahlbar; es war deutlich mehr Geld, als ein Facharbeiter, wie ich es war, im Monat verdiente. So legte ich Gitarren dieser Preislage seufzend wieder zurück in den Gitarrenkoffer. Es dauerte wiederum 30 Jahre, bis ich mir ein solches Instrument (übrigens sehr preiswert) ersteigern konnte.

Die Gitarren von Klein hatten einen geschraubten Hals, d. h. der Hals wird nicht wie üblich mit dem Korpus der Gitarre verleimt, sondern angeschraubt. Dadurch konnte erreicht werden, dass die Saitenlage justierbar war.

Von meiner ersten Framus her hatte ich mit geschraubten Hälsen eher negative Erfahrungen: Die Schrauben lockerten sich mit der Zeit unter der

Belastung meiner Dauerschläge, sodass die Saiten-lage unerträglich und unspielbar hoch wurde. Als gelernter Maschinenschlosser löste ich das Prob-lem, wie nur ein Maschinenschlosser ein Problem lösen kann: Ich nahm einfach dickere Schrauben! Nach einiger Zeit hatte ich den Hals mit 16(!) mm dicken Schrauben befestigt und die Gitarre näherte sich allmählich den Bauprinzipien einer Stahlbe-tonbrücke an, wurde dadurch jedoch nicht eben besser.

Irgendwann schenkte ich das Instrument mei-nem Freund Gunter, der noch einen Wandschmuck für seinen Partykeller suchte – ich hatte das Jam-merholz bis zur Unbespielbarkeit repariert.

Mein Wille, Gitarre zu studieren, war trotz vä-terlichen Widerstands ungebrochen. Doch vor das Studium hatten die Bildungsplaner eine Aufnah-meprüfung gesetzt, die nicht so ohne Weiteres zu bestehen war. Ganz besonders dann nicht, wenn man noch nie Gitarrenunterricht hatte und im Theo-riebereich vom Wissen der 7. Realschulklasse zehr-te.

Mein Freund Otmar hatte nun gerade sein Abi-tur in der Tasche und begann, in Köln Musikwis-senschaften zu studieren. Zwischendurch hatte er in der Kokerei in Osterfeld als Hilfsarbeiter gearbeitet und sich so etwas Geld verdient, dass er oft genug mit mir gemeinsam durchbrachte.

Eines Nachts – so gegen 23.00 Uhr – klopfte er an meine Fensterscheibe und überraschte mich mit Bier und einer erkalteten Currywurst mit Pommes-Frites, die er allerdings schon am Nachmittag eingekauft hatte. War trotzdem lecker.

Otmar hatte Erfahrung mit der Aufnahmeprüfung und konnte mir glaubhaft versichern, dass ohne Gehörbildung und Harmonielehre nichts gehen würde.

Also beschloss ich, noch eine Warteschleife zu drehen und nach der Fachoberschule zum Gymnasium zu wechseln. Nach wieder einiger Überzeugungsarbeit, diesmal nicht nur bei meinem Vater, sondern bei allen(!) Gymnasialdirektoren in Oberhausen, wurde ich schließlich am Sophie-Scholl-Gymnasium (SSG) in die 12. Klasse übernommen. Es sei zu erwähnen, dass das SSG damals noch ein fast reines Mädchengymnasium war. Ich wählte Englisch und Mathematik als Leistungskurse und Musik als 3. Abiturfach.

Es war eine schöne Zeit! Ich war ständig in Schwarz gekleidet (Cord-Hose, Rollkragenpullover) und hatte schulterlange blonde Haare, was mir bei den zahlreich vorhandenen Mädchen den Beinamen „Black Beauty" einbrachte.

Der Musikunterricht interessierte mich naturgemäß am meisten, was meine Musiklehrerin, eine kleine, dickliche Person, die wie aus der „Feuerzangenbowle" entsprungen war, in Verzückung versetzte. So war ich bis zum Abitur auf die Note Eins-plus im Fach Musik festgelegt, was meinem damaligen Ego durchaus entsprach.

ALS STUDIOSUS erfüllte sich Helmut Richter einmal den Traum vom Musikanten auf den Straßen von Paris. Rotwein passend zum Stimmungsbild.

Abb. 16: Straßenmusik in Paris

Die Sommerferien vor meinem Wechsel zum SSG verbrachte ich mit meinem Freund Lino. Wir fuhren mit „Interrail" kreuz und quer durch Europa, natürlich immer mit einer Gitarre dabei. In Paris besserte ich durch Straßenmusik unser Reisebudget auf.

Einige Tage nach unserer Rückkehr zog ich los, um Dirk zu besuchen. Seine Mutter öffnete mir die Tür und teilte mir mit, dass Dirk zu einem Meisterkurs für Gitarre gefahren sei. Die alte Dame aus dem Altersheim habe sich erfolgreich um einen Platz für ihn bemüht. „Meisterkurs, bei wem denn?", fragte ich. „Bei Professor Siegfried Behrend".

Das saß!

Siegfried Behrend war zu der Zeit auf dem Zenit seiner Karriere und als klassischer Gitarrist neben Andrés Segovia, Julian Bream, John Williams

65

und Narciso Yepes nicht wegzudenken. Seitdem ich bei dem Vikar die Platte „Guitarra Ole" gehört hatte, war Behrend eines meiner großen Idole auf der Gitarre.

Abb. 17: Siegfried Behrend

Dirk als Schüler bei Behrend! Ausgerechnet Dirk! Ich ahnte, dass ich mir nach seiner Rückkehr vieles anhören musste – und es kam auch so. Dirk wusste ab jetzt alles besser, noch viel mehr besser als vorher schon. Professor Behrend – er sagte immer „Professor Behrend" – hatte sich wohl lobend über seine manuellen Fertigkeiten geäußert, ihm aber einen kompletten Technikwechsel empfohlen. Dirk fing also wieder ganz von vorne an. Als flankierende Maßnahme bekam er zusätzlich Gitarrenunterricht von einem älteren Schüler Behrends, der in Münster Musikwissenschaften studierte, ein gewisser Matthias.

66

Siegfried Behrend

Ich musste zugeben, Dirk machte erhebliche Fortschritte. Seine gitarristischen Ambitionen wurden von seinen Eltern in jeder nur erdenklichen Weise gestützt. Nach kurzer Zeit konnte Dirk seine alte Hopf gegen eine Meistergitarre von Edgar Mönch eintauschen, für die seine Eltern 4000 Mark bezahlten, ein für damalige Verhältnisse astronomischer Preis. Davon konnte ich nur träumen! Es war eine wunderschöne Gitarre, und wenn ich in meinem Leben irgendwann einmal Neid empfunden haben sollte, dann war es sicher an dem Tag, als Dirk das Instrument über Siegfried Behrend bekam.

Im November 1975 gab Behrend ein Konzert in der Mülheimer Stadthalle. Dirk und ich fuhren – ich hatte inzwischen den Führerschein – mit dem Wagen meiner Eltern dort hin. Es war das erste Gitarrenkonzert, das ich jemals besucht habe. Behrend spielte ein Programm komplett mit neuer Musik und Avantgarde und führte einige Stücke zusammen mit seiner Frau Claudia auf, die als ausgebildete Schauspielerin moderne Lyrik deklamierte.

Nach dem Konzert ging Dirk – na klar! – wie ein alter Bekannter in die Garderobe und begrüßte Behrend. Flugs wurde er – und weil ich nun mal mit dabei war – auch ich, zum Abendessen im Restaurant eingeladen. Ich war total verschüchtert, gemeinsam mit meinem gitarristischen Vorbild am Tisch zu sitzen, ich kann mich erinnern, kaum ein Wort hervorgebracht zu haben. Aber wer mit Behrend zusammen am Tisch saß, brauchte sich über Gesprächsstoff eh' keine Gedanken zu machen – der Mann redete und – vor allem – lachte in einer Tour. Mit von der Partie war übrigens der Matthias aus Münster, bei dem Dirk sporadisch Gitarrenunterricht hatte. Behrend trank beim Essen einige Biere und Schnäpse, und irgendwann um Mitternacht sagte er „So, Claudia, wir fahren". Sie hatten noch einen weiten Weg vor sich, denn es ging nach Bayern, wo Behrend seit kurzer Zeit wohnte. Er zahlte natürlich die Rechnung inkl. großzügigem Trinkgeld für uns alle, griff seinen Gitarrenkoffer und strebte dem Ausgang entgegen. Vor der Tür der Stadthalle holte er eine halb volle Whiskyflasche aus der Jackentasche, trank sie in einem Zug leer und warf sie dann in die Büsche vor der Stadthalle. Dann stieg er zusammen mit seiner Frau in seinen cremefarbenen Mercedes S-Klasse, setzte sich ans Steuer, winkte noch einmal kurz und fuhr dann eine rote Ampel ignorierend los.

Das war meine erste Begegnung mit Siegfried Behrend – es sollte fürwahr nicht die letzte bleiben.

An der Schule war ich nach kurzer Zeit als Musiker hinreichend bekannt. So wurde ich zum

Weihnachtskonzert von meiner Musiklehrerin als Solokünstler verpflichtet; es stand also mein erster wirklich öffentlicher Auftritt an. Ich spielte ein kleines Stück von Francisco Tárrega und brachte es sogar ganz gut „über die Bühne".

Dirk hatte inzwischen in seiner Schule ebenfalls einige Stücke aufgeführt. Damit die Karriere besser lief, ließ er sich einen Stempel anfertigen, der als Berufsbezeichnung „Konzertgitarrist" auswies.

So weit ging ich erst einmal nicht.

Es war jedoch nicht zu leugnen, dass Dirk besser und besser wurde. Irgendwie schien der Meisterkurs ihn nach vorne gebracht zu haben. Mir wurde immer mehr klar, dass ich, wenn ich gleichziehen wollte, ebenfalls nicht an einem soliden Gitarrenunterricht vorbeikam.

Also meldete ich mich für den „Internationalen Meisterkurs für Konzertgitarre" im Sommer 1976 an und wurde zu meiner großen Freude auch angenommen.

Am 5. August 1976 ging es dann zusammen mit Dirk los. Wir fuhren mit dem Zug nach Ingolstadt und wurden dort vom Pächter der Rosenburg in Riedenburg im Altmühltal vom Bahnhof abgeholt – Dirks Eltern hatten den Transfer organisiert. Der Mann besaß einen weißen VW Golf. Auf die Fahrertür war das Portrait eines bärtigen Mannes gezeichnet. „Oh, Karl Liebknecht?", fragte ich unseren Chauffeur. Er sah mich ungläubig an, schüttelte den Kopf ob meiner Dummheit und sagte nur „Nein, das ist unser Bayernkönig Ludwig!".

Willkommen in Bayern der 1970er Jahre!

Abb. 18: Meisterkurs 1976

Dirk und ich waren in einem Doppelzimmer einer Pension untergebracht, die von einer älteren, sehr netten Dame geführt wurde. Das Haus lag am Fuße des Berges, auf dessen Gipfel in etwa 200 m Höhe die Rosenburg thronte. Behrend hatte in der Rosenburg einen ganzen Trakt angemietet, und es wurde gemunkelt, dass er in seinen besten Zeiten mit dem Gedanken gespielt hatte, die Rosenburg als seinen Wohnsitz zu kaufen. Parallel zu dem Meisterkurs fand im Altmühltal ebenfalls unter Behrends Leitung ein Musikfestival statt, das allein der Gitarre und ihrer Musik gewidmet war, das „Musikfestival im Altmühltal".

Im Laufe des nächsten Tages reisten die anderen 13 Kursteilnehmer an (es wurden immer nur 15 Personen zugelassen); sie kamen aus Kanada, Ja-

70

pan, Schweden, Italien und anderen Winkeln dieser Welt, um bei Behrend Unterricht zu haben. Und ich mittendrin! Nicht zu vergessen – ich hatte bis zu diesem Zeitpunkt noch keine einzige Minute richtigen Gitarrenunterricht gehabt. Da wir alle im gleichen Haus untergebracht waren, konnte ich durch die dünnen Wände hören, dass es Leute gab, die verdammt gut spielen konnten. Ich wurde nervös.

Meine Nervosität erreichte einen weiteren Höhepunkt, als Behrend zusammen mit seiner Frau und seiner Mutter am Vorabend des Kursbeginns in Riedenburg eintraf. Die drei waren in einem benachbarten Einfamilienhaus untergebracht, das ebenfalls unserer Pensionsbesitzerin gehörte. Behrend rauschte mit seinem Mercedes die Schotterpiste bis zur Garage hoch als wäre er noch auf der Autobahn. Dirk und ich gingen zum Wagen, um Behrend und seine Damen zu begrüßen und beim Auspacken des Wagens zu helfen.

Vorne an der Windschutzscheibe prangte ein sehr offiziell aussehendes Schild:

Musikfestspiele im Altmühltal – Der Intendant
Mir wurden die Knie weich.

Siegfried Behrend nutzte die vierzehn Tage im Altmühltal nach eigenen Aussagen als Urlaub, als Erholung von seinen stressigen Konzertreisen. Da er von Haus aus Langschläfer war und ganz gerne die Nacht zum Tage machte, begann sein Kurs üblicherweise erst gegen Mittag – außer am ersten Tag. Um 10 Uhr morgens war im Rittersaal der Rosenburg das erste Vorspiel angesagt. Dort war eine kleine Bühne aufgebaut, ca. 20 sehr unbequeme Stühle standen im Halbkreis darum. Behrend saß im Abstand von zwei bis drei Metern neben der Bühne, hatte vor sich einen Notentisch und neben sich einen Blecheimer, mit Wasser gefüllt, stehen. Behrend rauchte mehr als 60 Zigarillos am Tag, die er nach dem Rauchen aus Brandschutzgründen des alten Gemäuers im Wasser löschte. Der Notentisch diente einerseits dem ihm zugeschriebenen Zweck, aber es fand die unvermeidliche Bierflasche ebenso noch ihren Platz darauf.

Jeder Kursteilnehmer „durfte" 10 bis 15 Minuten die aktuell geübten Stücke vor der versammelten Mannschaft vorspielen, jeweils gefolgt von einer „Kritikrunde", in der jeder etwas zum gerade Gehörten sagen musste.

Ich war durch Dirk auf dieses Vorspiel vorbereitet, konnte aber bis dahin mit seiner Warnung „Spiel' lieber etwas Leichtes, sonst gehen Dir die Nerven fliegen" nichts anfangen. Für das Vorspiel hatte ich mir eine Barcarole aus der Cavatina von Tansmann, ein Prelude des südamerikanischen Komponisten Santorsola und eine Fantasie von

Francesco da Milano ausgesucht; Stücke, von denen ich glaubte, sie recht gut zu spielen.

Einer nach dem anderen stieg auf die Bühne. Martin, einer der wenigen Privatschüler Behrends, spielte eine Lautensuite von Bach und eine sehr schwierige Etüde von Sor, Michael, mehrfacher Bundespreisträger des Wettbewerbs „Jugend musiziert" und einer der besten Gitarristen, den ich je kennen gelernt habe, spielte die „Sonata eroica" von Giuliani, das „Grand solo" von Sor sowie die Fantasia X von Alonso Mudarra. Absolut fehlerfrei. Ich war total begeistert.

So ging das weiter. Ein Hammer nach dem anderen. Dann war ich dran. Ich war schon schweißgebadet, als ich die Bühne betrat. Dirk hatte recht gehabt. Irgendwie kämpfte ich mich auf meiner BeSyBo, die ich vorher aus dem ehemals verschimmelten Pappkoffer geholt hatte, durch die Stücke, aber schön und gut ging sicher anders.

Behrends erste Frage war: „Wat is'n det für'n Instrument?", und empfahl mir einen sofortigen Instrumentenwechsel. Meine arme BeSyBo!

Die übrigen Kursteilnehmer waren überaus gnädig mit mir und machten mich nicht zu sehr nieder. Behrend verschrieb mir die zusätzliche Teilnahme am „Workshop", der in den frühen

Morgenstunden ab 10.00 Uhr von seinem Assistenten Martin angeboten wurde.

Meine hochfliegenden Pläne hatten vorerst einen Dämpfer erhalten. Zum ersten Mal in meinem Leben hatte ich einen Vergleich mit ungefähr Gleichaltrigen, die das gleiche Ziel wie ich anstrebten. Allerdings musste ich da noch gehörig aufholen!

Am nächsten Morgen besuchte ich Martins Workshop und begann mit ihm zusammen, an meiner Technik zu arbeiten. Dabei lernte ich, dass zum „guten Spiel" einer Konzertgitarre nicht nur eine solide Technik gehört, sondern dass die Qualität des Tones mindestens ebenso wichtig ist. Diese Tonqualität wird erreicht durch einen kultivierten Anschlag, zu dem auch sorgsam gefeilte und polierte Fingernägel gehören. Ich hatte einfach nur lange Nägel, mit denen ich an den Saiten rupfte. Meine linke (Greif-)Hand bewegte sich unökonomisch, meine Haltung war falsch – kurz gesagt, es war eine komplette Umstellung fällig.

Mein erster Gitarrenunterricht! Neubeginn von Anfang an!

Jetzt war ich so weit wie Dirk im Vorjahr. Ausnahmsweise hatte der Junge mal recht und das auf der ganzen Linie.

Nachmittags traf Behrend ein. Der erste Kursnachmittag war immer der Hammertag für alle. Das jährliche Schauspiel nahm seinen Lauf.

Behrend holte sechs Hefte aus seinem Notenarchiv: vier Hefte „Elementaretüden" und zwei Hefte „Konzertetüden", mit stetig steigendem Schwierigkeitsgrad, angefangen bei einstimmigen Melodien bis hin zu hammerharten Konzertetüden. Er erklärte uns, dass ein professioneller Musiker dazu in der Lage sein müsse, ihm unbekannte Stücke „Prima Vista", also vom Blatt zu spielen. Er führte in diesem Zusammenhang gerne das Leben eines Studiomusikers an.

Jeder von uns musste auf den Zuruf „Spiel' Du mal" auf die Bühne gehen und – coram Publico – einige Stücke vom Blatt spielen. Um das alles nicht zu einfach werden zu lassen, stellte Behrend dazu das Metronom (immer Endtempo!) an und achtete peinlichst darauf, dass Takt und Rhythmus eingehalten wurden. Saitenquietschen, Nebengeräusche, falsche Töne oder Temposchwankungen wurden sofort mit entsprechenden Bemerkungen quittiert. Selbst den Besten unter uns verging spätestens jetzt das Lachen.

Nach einigen Stunden war das Schauspiel vorüber und jeder von uns angehenden großen Künstler war zurück auf dem Boden der Tatsachen.

Abb. 19: Siegfried Behrend beim Unterricht

Abends ging's dann immer in eine der wenigen Kneipen in Riedenburg. Behrend verließ niemals eher den Tisch, bevor alle anderen betrunken waren. Er fuhr dann in aller Seelenruhe mit dem Wagen zur Pension Klara Müller – trotz seiner mindestens zwei Promille brauchte er um seinen Führerschein nicht zu bangen. Abgesehen davon, dass ihn, den Herrn Professor Intendant, eh' niemand angehalten hätte, gehörte Behrends Stammkneipe der Frau des einzigen Polizisten im Ort, der dort nach

Dienstschluss an der Theke aushalf und kräftig mittrank.

An einigen Abenden wurden im Rahmen des Musikfestivals Konzerte veranstaltet. Gitarristen aus aller Welt kamen gerne, um dort in wunderschönen Räumlichkeiten zu spielen, zudem wurden die meisten Konzerte vom Bayerischen Rundfunk mitgeschnitten und später ungeschnitten gesendet.

Die vierzehn Tage vergingen wie im Flug, und selten in meinem Leben habe ich in so kurzer Zeit so viel gelernt, so viel über Gitarre geredet und so viel Gitarrenmusik gehört. Gleichzeitig bekam ich einen Kontakt zur „großen Welt" der Gitarre. Und es gab eine Wiederbegegnung der besonderen Art für mich: Siegfried Behrend spielte auf einer Gitarre „Weißgerber"!

Seit Jahren, seit meinem Besuch bei Biermann, hatte ich mir das Instrument nicht aus dem Kopf geschlagen und immer wieder danach gesucht. Nun war ich sozusagen an der Quelle angelangt, denn Behrend hatte mit Weißgerber/Vater und Weißgerber/Sohn intensiven Kontakt. Er besaß 28! Instrumente des genialen Gitarrenbauers und wusste viele Details zu berichten. Ich hätte ihm gerne eine davon abgekauft, aber die Preise, zu denen die Instrumente gehandelt wurden, lagen weit außerhalb meiner finanziellen Möglichkeiten.

Leider mussten Dirk und ich vorzeitig abreisen, denn sein Vater, ein selbständiger Bauunternehmer, hatte einen schweren Arbeitsunfall gehabt und konnte uns deshalb nicht – wie geplant – abholen. Dirks Bruder holte uns direkt nach dem sonntäglichen Abschlusskonzert ab, den Abschlussabend mit frischem Fassbier mussten wir für uns ausfallen lassen.

Neustart

Das nächste Jahr verbrachte ich damit, meine Technik komplett neu aufzubauen, Stück für Stück. Meine Nägel der Anschlagshand wurden kürzer, mein Ton auf der Gitarre verbesserte sich hörbar, es wurde eigentlich alles besser. Matthias, bei dem Dirk schon Unterricht hatte, unterstützte auch mich dabei. Zudem wurde ich zu dieser Zeit reger Besucher von Gitarrenkonzerten. Ich weiß nicht, wie viele Konzerte großer und minder großer Gitarrenvirtuosen seitdem gehört habe, ich weiß nur, dass ich alle wirklichen großen Konzertgitarristen der 70-er Jahre auf der Bühne erlebt habe.

Herausragend war natürlich Andrés Segovia[10] in der Tonhalle in Düsseldorf. Weniger wegen seines Spiels – der Mann war schon deutlich über 80 Jahre

---

[10] John Lennon soll über Segovia gesagt haben: „He is the Daddy of us all"

alt – mehr wegen seiner Aura. Ein leises Rascheln im Publikum reichte aus, ihn missbilligend, ja fast schon strafend ins Auditorium blicken zu lassen.

Abb.20: Andrés Segovia (189 -1987)

Da saß eine lebende Legende auf der Bühne und das Publikum im mehr als ausverkauften Konzertsaal (es standen sogar Stühle hinter dem Solisten auf der Bühne) lauschte jedem seiner Töne.

Unvergesslich blieb mir das erste Stück, das er spielte, „Cancion del emperador" von Luis de Narvaez. Er spielte es mit unnachahmlicher Würde und Grandezza, genauso wie nachfolgend die Pavanen von Luis Milan. Der Cancion del Emperador hat mich so tief beeindruckt, dass ich es fortan in mein Repertoire aufnahm und es immer dann, wenn ich selbst konzertierte, als erstes Stück spielte.

Prägend für mich waren auch die Konzerte des englischen Gitarristen Julian Bream, der nahezu in jährlichem Abstand irgendwo in der Nähe des Ruhrgebietes spielte.

Beeindruckend war sein sichtbarer Kampf um die richtige Gestaltung jedes einzelnen Tons, den er (meistens) gewann. Aus meiner heutigen Sicht, mit der ich nicht alleine bin, war er der wichtigste und prägendste Gitarrist des 20. Jahrhunderts.

Abb. 21: Julian Bream (1933-2020)

John Williams war der absolut coolste von allen, der Mann schien überhaupt keine Nerven zu haben und keine Fehler zu machen. Julian Bream und John Williams – beide Solo-Virtuosen von internationalem Rang – nahmen sogar einige Schallplatten zusammen mit Gitarrenduos auf, die heute noch Maßstab für viele Gitarrenduos sind.

Siegfried Behrend habe ich oft und auf vielen Bühnen erlebt; auch er war ein Meister der gespielten Regungslosigkeit; in einer Kritik stand einmal zu lesen „Ein Buddha der Gitarre", was sicherlich nicht nur auf seinen nicht unbeträchtlichen Leibesumfang gemünzt war.

Abb. 22: John Williams (1937)

Eher unterkühlt gab sich auch der spanische Gitarrist Narciso Yepes auf der Bühne, der dafür mit einer bis dahin mir unbekannten Virtuosität und

schon fast pedantischer Genauigkeit auf seiner 10-
saitigen Gitarre spielen konnte. In einer Kritik las
ich mal „Yepes sezierte das Stück", woanders war
von einem „Buchhalter der Gitarre" die Rede. Das
ist sicherlich überspitzt formuliert, birgt aber ein
Körnchen Wahrheit. Trotzdem war er ein toller
Gitarrist.

Abb. 23: Narciso Yepes (1927-1997)

Im Zusammenhang mit Narciso Yepes ist meine
nächste Gitarre – die Nachfolgerin meiner geliebten
BeSyBo – zu sehen: Über das Musikhaus Möller
kaufte ich mir eine 10-saitige Gitarre, ein Nachbau
des Instrumentes, das Narciso Yepes spielte. Gebaut war sie von einem deutschen Gitarrenbauer,
Anton Sandner aus Baiersdorf bei Erlangen. Das
Instrument war nicht schlecht, ein Riesenteil eben,

mit einem 9 cm breiten Hals (normal sind etwas mehr als 5 cm). Der Korpus war dementsprechend größer dimensioniert. Es war mein erstes wirklich teures Instrument, die Anschaffung kostete mich damals mehr als 2500 Mark. Ich spielte sie aber nicht sehr lange, weil ich irgendwann feststellen

musste, dass ich die vier zusätzlichen Saiten so gut wie nie gebrauchte und mit den üblichen sechs Saiten schon mehr als genug gefordert war.

Abb. 24: 10-saitige Gitarre von Anton Sandner

Zwischendurch machte ich mein Abitur.

83

Erstes Geld

Meinen ersten Gitarrenunterricht gab ich schon kurz nach dem Ende meiner Lehrzeit. Für 5 Mark die Stunde. Die Noten wurden per Hand für meinen einzigen Schüler Georg – der übrigens heute noch Gitarre spielt und Instrumente sammelt – aufgeschrieben.

Noch vor dem Abitur – ich war gerade 21 Jahre alt – war ich der Meinung, dass ich jetzt gut genug Gitarre spielen konnte, um den reichen Schatz meiner Erfahrungen im größeren Rahmen an die Jugend weitergeben zu können. Frech, wie ich war, ging ich zur Zentrale der Musikschule Oberhausen, die damals noch zur Untermiete in der Nähe des Rathauses residierte. Es waren keine eigenen Unterrichtsräume vorhanden, sondern es wurden die nachmittags leerstehenden Klassenräume der allgemeinbildenden Schulen als Unterrichtsräume genutzt. Der Leiter der Musikschule war hauptberuflich Hornist im Orchester des Theater Oberhausen. Im Nebenberuf – später hauptberuflich – baute er die Musikschule auf.

Er war ein sehr netter Mann, mit dem ich mich sofort bestens verstand. Er war zufällig in der Verlegenheit, dass einer der beiden Gitarrenlehrer seine Tätigkeit an der Musikschule aus welchen Gründen auch immer aufgeben musste. Deshalb war er bereit, mir eine Chance als Gitarrenlehrer zu geben, trotz meiner Jugend, meiner langen Haare und trotz meiner fehlenden Qualifikation, denn außer einem Zertifikat von Behrend hatte ich nichts vorzuweisen. Seine Sekretärin war mit seiner Wahl – wahrscheinlich wegen meiner langen Haare – überhaupt nicht einverstanden und argumentierte in meinem Beisein heftigst gegen meine Anstellung, aber er blieb bei seinem Wort.

Ich übernahm 8 (!) Gruppen, die nachmittags in den Räumen des Sophie-Scholl-Gymnasiums unterrichtet wurden. So kam es für kurze Zeit zu der Situation, dass ich nachmittags Lehrer war, in den Räumen, in denen ich vormittags noch die Schulbank drückte.

Die Bezahlung war nicht üppig, aber so an die 500 Mark Honorar kamen jeden Monat für mich dabei heraus, für einen Schüler eine Menge Geld, das ich für den Kauf einer neuen Gitarre (ich hatte immer noch meine geliebte BeSyBo) gut gebrauchen konnte.

Im Laufe kurzer Zeit baute ich meine Unterrichtstätigkeit an der Musikschule auf 13 Wochenstunden aus, dazu kamen viele Privatstunden und Gitarrenkurse (mit bis zu 16 Teilnehmern) bei der evangelischen Kirche, sodass ich mein nachfolgendes Studium inklusive Wohnung und Auto und

Noten usw. bequem finanzieren konnte. Außerdem lernte ich zu unterrichten, was angesichts meiner späteren Laufbahn nicht ganz unwichtig war.

Zu dieser Zeit wohnte ich immer noch im möblierten Zimmer an der Grenze nach Osterfeld, aber es wurde zunehmend enger dort; all die Schallplatten, Noten und Gitarren brauchten nun mal ihren Platz. Ich hatte während meiner Schulzeit meinen Lebensrhythmus komplett auf den eines „Bohemiens" umgestellt: morgens schlief ich bis in die Mittagsstunden, wenn immer dies möglich war, dafür waren die Nächte sehr, sehr lang. Fast jeden Abend hatte ich Besuch von Freunden oder Freundinnen oder ich war meinerseits unterwegs, auf „Tralla-Fitti", wie man hier sagt. Bier und Rotwein flossen in Strömen; sehr selten ging ich vor vier Uhr morgens ins Bett. Das Einzige, was mich zu einem halbwegs regelmäßigen Leben veranlasste, war halt die Gitarre, auf der ich nach wie vor täglich einige Stunden übte.

Nach dem Abitur kam der Zivildienst auf mich zu – ich absolvierte ihn an der evangelischen Kirche, an der ich auch die Gitarrenkurse gab. Ich war als „Hilfsküster" eingesetzt und hatte über längere Strecken recht wenig zu tun. Deshalb nahm ich meine Gitarre immer mit, und immer, wenn sich die Gelegenheit ergab, übte ich in einer der drei

Kirchen, die ich betreute. Leider dauerte meine Zivi-Zeit nicht sehr lange. Schon als Jugendlicher hatte ich ab und zu Rheuma, das aus Sicht der Zivildienststelle ausreichte, um mich auszumustern.

Jetzt war guter Rat teuer. Ich hatte mich darauf eingestellt, nach einem Jahr Zivildienst mit dem Gitarrenstudium zu beginnen. Nun stand ich im August 1977 da und hatte außer meinen Gitarrenstunden nichts. Die Aufnahmeprüfungen an den Musikhochschulen waren gelaufen; für ein Jahr war nichts zu machen.

Deshalb entschloss ich mich – auch um des lieben Familienfriedens willen – Maschinenbau zu studieren. Ich hatte zwar nicht vor, später als Ingenieur mein Brot zu verdienen, aber ich hatte keine Probleme mit Naturwissenschaften und Technik, eher im Gegenteil, ich habe mich immer gerne *auch* damit beschäftigt.

Nach dem ersten Semester schaffte ich die Aufnahmeprüfung am Robert-Schumann-Institut in Düsseldorf als einer von zwei von mehr als vierzig Bewerbern. Die dort lehrende Professorin war erbitterte Gegnerin von Siegfried Behrend, deshalb war meine Studienzeit bei ihr so angenehm nicht. Vielleicht hatte sie mich ja nur aufgenommen, um ihre Wut über Behrend an mir auszulassen? Nachher hatte ich – nach einigen deftigen Krächen –

Unterricht bei ihrer Assistentin, die aber vom Typ her ebenfalls eher herbe war.

Mittlerweile war ich mit meinem Maschinenbau-Studium so weit gediehen, dass ich die investierte Arbeit nicht einfach aufgeben wollte. So ergab sich die einigermaßen seltsame Kombination Maschinenbau – Gitarre zu studieren. Irgendwie gelang es mir immer, beides unter einen Hut zu bekommen. Morgens fuhr ich mit dem Zug nach Düsseldorf und besuchte dort die Vorlesungen und Seminare, dann nahm ich die Bahn nach Duisburg, stieg dort auf ein am Bahnhof geparktes Klappfahrrad und setzte meine Studien in Sachen Technik fort. Wenn ich die Gitarre dabeihatte, hängte ich sie an den Lenker und wurschtelte mich mehr schwankend als fahrend durch den regen Verkehr der Duisburger Innenstadt.

Später, nach dem Vordiplom, zwang mich eine schwere Augenerkrankung, an der ich für eine Zeit fast erblindete, mein Ingenieursstudium an den Nagel zu hängen. Um die Jahre nicht ungenutzt verfallen zu lassen, wechselte ich in den Lehramtsstudiengang und wählte als Nebenfach Physik. Das war eine der besten Entscheidungen meines Lebens, zumindest in beruflicher, aber auch in finanzieller Hinsicht.

Soviel dazu.

Inner Circle

Im Jahr 1978 stand der Meisterkurs bei Siegfried Behrend an. Meine Technik und mein Ton auf dem Instrument waren überarbeitet, und ich konnte dem üblichen Vorspiel gelassen entgegensehen. Wie alle, die das Kursleben auf der Rosenburg kannten, übte ich die Etüden vorsorglich, um beim Prima-Vista-Spiel keine allzu schlechte Figur zu machen. Mit der 10-saitigen Gitarre traute ich mich nicht so recht zum Meisterkurs zu fahren, Behrend konnte – wie ich bereits wusste – sehr, sehr spitze Bemerkungen über Dinge machen, die ihm nicht gefielen – und dazu gehörten nun mal auch 10-saitige Gitarren. Deshalb hatte ich schon im Frühjahr Kontakt mit dem Gitarrenbauer aufgenommen, der das 10-saitige Instrument gebaut hatte: Anton Sandner.

Er war dazu bereit, eine Gitarre speziell nach meinen Wünschen anzufertigen: helle, fast weiße Fichtendecke, Korpus aus fast schwarzem Palisander, Ebenholzgriffbrett – alles erste Wahl – und erinnert irgendwie an „Schneewittchen". Inneneinbau und Kopf entwarf ich – streng angelehnt an die „spanische Krone" von Weißgerber.

Im August 1978 war das Instrument endlich fertig. Ich war schon auf dem Kurs in Riedenburg bei Behrend. Sandner – der in der Gegend um Nürnberg wohnt – kam eines Nachmittags vorbei und brachte die Gitarre mit.

Abb. 25: Gitarre Sandner 103 S (1978)

Ich war begeistert!

Behrend und meine Mitstudenten auch. Es wurden fleißig Kopien bestellt, die übrigens heute noch von ihren Besitzern gespielt werden.

Zum ersten Mal in meinem Leben spielte ich auf einem nur für mich gebauten Meisterinstrument, das genau meinen Wünschen entsprach.

In der Folgezeit baute Sandner die Gitarre in Serie, und zahlreiche meiner damaligen Freunde und Schüler und auch Sigi Behrend kauften sich ein Instrument. Ich war – als „Erfinder" – immer mit einer netten Provision am Verkauf beteiligt.

Innerhalb der Meisterkursmannschaft rückte ich allmählich in der Hierarchie auf – vom normalen Teilnehmer zum Mitglied des „inner circle", der sich fast jeden Abend in Behrends Domizil traf. Dort wurde der Tag noch einmal nachbesprochen,

90

dies immer mit einer großen Menge Alkohol bis in den frühen Morgen hinein. Ein Teilnehmer des Meisterkurses 1978 wird für immer in meinem Gedächtnis bleiben: Gerard Grenell aus Irland, ein hervorragender Flamenco(!)-Spieler und ein Original allererster Güte. Während der Kurszeit komponierte er ein Stück für Gitarristen und Publikum, das innerhalb des Abschlusskonzertes uraufgeführt wurde. Der Gitarrist spielt eine grafische Partitur, die Geräusche des Publikums werden in das Spiel mit einbezogen. Während der Darbietung wird dem

Gitarristen von einem Assistenten (wer das wohl war?) eine Papiertüte über den Kopf gezogen, zum Ende des Stückes fotografieren sich Gitarrist und Publikum gegenseitig. Ein absolut verrückter Knaller, der übrigens beim Zimmermann-Verlag im Druck erschienen ist. Ob das jemals noch einmal auf-

Abb. 26: Gerard Grenell at his best

geführt worden ist?

Gerard besuchte mich ein Jahr später einmal zu Hause und spielte in einem von mir veranstalteten Benefizkonzert mit. Der nachfolgende Abend mit ihm war wieder unvergesslich – ein echter Clown auf der Gitarre. Seitdem habe ich nichts mehr von ihm gehört, es wäre interessant für mich zu erfahren, was aus ihm geworden ist.

Ich selbst trug zum Abschlusskonzert der Kursteilnehmer ebenfalls eine Eigenkomposition bei. Das Stück hieß: „Was ist die Nacht?", für Gitarre, Plakate und Sprechstimme nach graphischen Gedichten von Wolf-Dieter Brinkmann. Claudia Brodzinska-Behrend übernahm den Part der Sprechstimme, aber – ganz im Stil der späten 70-er Jahre – nicht live auf der Bühne, sondern per Tonbandaufzeichnung. Das Klicken des Tonbandgerätes ist heute noch auf den Mitschnitten des Bayerischen Rundfunks zu hören.

Irgendwie war ich nach sechs Jahren an der „Knipskiste" nun „angekommen": Ich besaß endlich eine sehr brauchbare Gitarre, hatte Auftritte in Abschlusskonzerten und war Mitglied im inneren Kreis um Behrend.

Abb. 27: Zwei Weißgerber-Gitarren

Gitarrenboom

Etwa in der Mitte der 1970er-Jahre setzte der Boom um die Konzertgitarre in Deutschland ein. Zuerst angeregt durch die vielen Rockbands, in denen die (E-)-Gitarre eine tragende Rolle spielte, sowie die ungezählten Liedermacher und Bänkelsänger, suchte viele Fans der Gitarre nach neuen musikalischen und technischen Herausforderungen und wandten sich deshalb der Konzertgitarre zu.

Allmählich bildeten sich im damaligen Westdeutschland einige einflussreiche Zentren der Konzertgitarre heraus, so z. B. in Köln, in Freiburg, Frankfurt, Berlin und Hamburg, in denen die Konzertgitarre besonders intensiv gefördert wurde. In Köln und in Freiburg erschienen regelmäßige Gitarrenzeitschriften, die damals hohe Verkaufszahlen erreichten. Konzertveranstaltungen in großen Häusern wie der Tonhalle Düsseldorf, der Berliner Philharmonie oder des Herkulessaals in München mit der Gitarre als Soloinstrument waren regelmäßig – nach heutigen Maßstäben – sehr gut besucht, teilweise sogar ausverkauft. Kurz: Die Konzertgitarre entwickelte sich zu *dem* Instrument im Bereich der „klassischen" Musik. Waren zu der Zeit, als ich mit dem Gitarrenspiel begann, z. B. Studienplätze für die Gitarre noch rar, wurden an verschiedenen Musikhochschulen immer mehr Studienplätze für die Konzertgitarre eingerichtet. Zugleich entwickelte sich ein teilweise erbittert und öffentlich geführter Streit der verschiedenen „Schulen" über die richtige Art und Weise des Gitarrenspiels. Es gab die verbreitete „Scheit-Schule" des Wiener Gitarrenprofessors Karl Scheit, aber auch die „Frankfurter Schule" des dort wirkenden Professors Heinz Teuchert und viele mehr. Insbesondere in den „Zentren" der Konzertgitarre wurde intensiv Einfluss z. B. auf die Einrichtung bzw. Besetzung der begehrten Professorenstellen genommen.

Die Bildung von Interessensgruppen und Seilschaften scheint – aus meiner heutigen Sichte – eine der Konstanten menschlichen Zusammenlebens zu sein – eben auch im Bereich Musik.

In Oberhausen – der „Provinz" – kamen die Entwicklungen jeweils mit einiger Verspätung an. Die Konzertgitarre entwickelte sich auch hier immer mehr zu einem begehrten Instrument, sozusagen eine Modewelle, wie man sie auch in anderen Beziehungen kennt. Und ich selbst saß – um im Bild zu bleiben – oben auf der Bugwelle des Gitarrenbooms.

Seitdem ich 1977 die nebenamtliche Stelle an der Musikschule Oberhausen übernommen hatte, kamen immer mehr Anfragen, ob ich nicht Lust hätte, irgendwo etwas zu Besten zu geben. In den meisten Fällen waren diese „Muggen" recht gut bezahlt, und jedes Mal nahm ich dankend an. In den ersten Jahren waren die Zuhörer immer noch erstaunt darüber, dass man auf der Gitarre auch nach Noten spielen kann. „Ich wusste gar nicht, dass sowas auf der Gitarre möglich ist", war einer der häufigsten Sätze, die ich damals im Zusammenhang mit meinen „Konzerten" zu hören bekam. Wegen der zahlreichen Anfragen stellte ich mir zu dieser Zeit einen Aktenordner mit erprobt erfolgreichen bzw. gern gehörten Stücken zusammen, der seitdem im Privatjargon „Der Nudelordner"[11] heißt. Darüber hinaus spielte ich häufig mit anderen Instrumenten zusammen, so z. B. mit einem Violinisten des Orchesters Oberhausen sowie mit einer Querflötistin.

Gegen Ende der 1970er-Jahre wurde in der Stadtverwaltung Oberhausen das Projekt „Kunst in Kneipen" aufgelegt. Ziel war es, die örtlichen Protagonisten von Musik, Literatur und bildender Kunst näher an die Bevölkerung heranzubringen. Dazu wurden in normalen Gaststätten Vernissagen und Konzerte durchgeführt, um die Bevölkerung

---

[11] „Etwas abnudeln" ist eigentlich despektierlich gemeint: „völlig ausdruckslos spielen, vortragen; abspielen" (Duden), in meinem Zusammenhang aber eher „Geht immer, auch nachts um drei"

der nahen Umgebung zu erreichen. Für den musikalischen Teil war ich offensichtlich der Mann der Stunde. Jeder Auftritt wurde – egal wie lang – damals mit 300 Mark bezahlt, und selten blieb ich unter vier Einsätzen pro Monat. Für mich war es zudem eine Gelegenheit, mich „abzuspielen" und mein anfänglich deutlich vorhandenes Lampenfieber zu bekämpfen. Dadurch, dass ich die Stücke nahezu ohne vorheriges Üben spielen konnte, brauchte ich kaum Zeit für die Vorbereitung, sodass ich das alles neben meinen Studien in den nicht gerade eben anspruchslosen Studienfächern Maschinenbau und Physik abwickeln konnte. Besonders gern spielte ich Zwischenmusiken bei Lesungen, die für (Ruhrgebiets-)Autoren durchgeführt wurden. Dadurch lernte ich interessante Schriftsteller und ihre Texte kennen und mit den Zwischenmusiken versuchte ich immer, die Stimmung der jeweils gelesenen Texten widerzuspiegeln.

In Sachen „Honorar" machte ich bei der musikalischen Begleitung von Vernissagen regelmäßig eine Ausnahme: Statt des Geldes bat ich darum, mir eines der ausgestellten Kunstwerke als Honorar zu geben, was viele Künstler, die eher chronisch „klamm" waren, dankbar annahmen. So konnte ich im Laufe der Jahre eine kleine, aber feine Sammlung von originalen Kunstwerken aufbauen.

Im Umfeld des „Gitarrenbooms" der zweiten Hälfte der 1970er-Jahre schossen auch im Ruhrgebiet gitarristische Veranstaltungen förmlich aus dem Boden. Es gab zahllose „Gitarrenfestivals", auf denen sich (eher schlecht bezahlte) Auftrittsmöglichkeiten ergaben. Diese Veranstaltungen waren regelmäßig sehr gut besucht, ich kann mich an sprichwörtlich „knallvolle" Veranstaltungsorte erinnern, in denen die begeisterten Zuhörer auf dem Boden saßen und hingebungsvoll den Klängen der Konzertgitarren lauschten.

Die Honorarstelle an der Musikschule Oberhausen, der Privatunterricht, den ich gab, sowie die zahlreichen „Muggen" brachten mich in eine finanziell recht komfortable Lage, sodass ich in den Semesterferien nicht mehr wie in den ersten Jahren meines Studiums als Schlosser bei der GHH arbeiten musste. Ein nicht geringer Anteil meines Einkommens wurde zwar oft mit Freunden und selten alkoholfrei „weggefeiert", aber es blieb noch genug dafür übrig, eine weitere Konzertgitarre zu kaufen: eine Konzertgitarre von Erwin von Grüner aus dem Jahr 1977 zum Preis von knapp 4000 Mark. Es war ein für die damaligen Verhältnisse sehr lautes, tragfähiges Instrument, das mir insbesondere bei den Kneipenmusiken gute Dienste leistete.

Eine weitere, nach heutigen Maßstäben skurril wirkende Idee aus dem Oberhausener Kulturbüro war „Musik für Jugendliche ohne Ausbildungsverhältnis" zu Zeiten größerer Jugendarbeitslosigkeit. Im Rahmen dieser Maßnahme versuchte ich, arbeitslosen Jugendlichen die Grundzüge des Gitarrenspiels beizubringen. Ein hartes, jedoch ganz gut bezahltes Brot!

Abschluss

Zu Siegfried Behrend und zu seiner Frau Claudia hatte sich im Laufe der Jahre eine freundschaftliche Beziehung entwickelt. Als weltumspannend reisender Künstler war Behrend nicht dazu in der Lage, mir und seinen anderen vier Schülern (Matthias, Martin, Michael und Manuel) regelmäßig Unterricht zu erteilen. Entweder wurden wir kurzfristig in seinen Reisepausen nach Wall bei Miesbach in Bayern, wo er einen alten Pfarrhof besaß, eingeladen oder er unterrichtete uns in einem Hotel, wenn er gerade in der Nähe unseres Wohnortes Konzertverpflichtungen hatte. Der Unterricht in Wall fand zumeist an seinem Küchentisch statt, immer begleitet von endlosen, anregenden abendlichen Gesprächen bei Bier und Wein.

Seine Meisterkurse besuchte ich weiterhin regelmäßig; dort lernte ich viele junge Gitarristen kennen, zu denen ich teilweise heute noch Kontakt pflege. In den 1980er-Jahren wurde Michael zu Behrends Assistent bei den Internationalen Meisterkursen für künstlerisches Gitarrespiel. Ab und zu hatte er während der Kurszeit Konzertverpflichtungen. In diesen Zeiten vertrat ich ihn als Assistent so gut ich konnte.

Unterdessen wurde mein Verhältnis zu meiner Gitarre-Professorin in Düsseldorf nicht besser und zusätzlich durch einen „Dauerstress" mit ihrer Assistentin belastet. Es ist nun einmal schwierig, wenn einerseits Behrend und andererseits die Hochschullehrerin versuchen, den „gleichen Brei" zu kochen, was ihn – sprichwörtlich – verdirbt. Das ist weder ein Vorwurf an die eine noch an die andere Seite, aber es war leider einmal so, dass ich mich zwischen den beiden „Fronten" zerrissen fühlte. Da ich die „Scheine" in allen Theoriefächer bereits zusammen hatte, entschloss ich mich, meinem Elend in dieser Beziehung ein Ende zu setzen, zumal die Ansprüche meine anderen Studiengangs nicht geringer wurden, abgesehen von dem Druck, für das ganze Unterfangen auch noch intensiv nebenher zu jobben. Es entspricht allerdings nicht meinem Naturell, eine einmal angefangene Sache nicht zum Ende zu führen. Mein Freund und Behrend-Mitschüler Matthias brachte mir die rettende Lösung. Aufgrund des Musiklehrermangels in Bayern hatte das dortige Kultusministerium einen Erlass herausgegeben, nach dem man als Musiker eine Externenprüfung zum „Staatlich anerkannten Musikerzieher" in München ablegen konnte. Die Prüfung dauerte drei Tage und bestand aus einer umfangreichen Theorieprüfung, die ich aber wegen meiner vorhandenen „Scheine" in Gehörbildung, Harmonielehre usw. aus Düsseldorf abkürzen konnte, einer spielpraktischen Prüfung (eine Stunde Solospiel verschiedener Stilepochen, Blattspiel usw.) und einem unterrichtspraktischen Teil inkl. schriftlichem Unterrichtsentwurf bestand.

Ich meldete mich dort an und bekam einen Termin für das Frühjahr 1981, hatte also ein halbes Jahr Zeit, mich darauf vorzubereiten. Für den musikgeschichtlichen Teil der Prüfung schrieb ich mir täglich kleine Merkzettel, die ich auf das blecherne Armaturenbrett meines roten VW-Käfers pappte, um bei jedem Ampelstopp zu lernen. Für den spielpraktischen Teil stellte ich ein Programm quer durch die Stilepochen zusammen, für die unterrichtspraktische Prüfung schrieb ich einen mehrseitigen Entwurf. Das Unterrichten selbst traute ich mir nach einigen Jahren an der Musikschule „freihändig" zu.

Weil ich meinem alten VW-Käfer eine längere Strecke auf der Autobahn nicht zumuten wollte, fuhr ich nach einer Mathematikvorlesung von Duisburg aus mit der Bahn (die damals noch einigermaßen pünktlich fuhr) nach München und übernachtete dort bei einer Freundin, die dort einen Studienplatz hatte. Die Prüfungen selbst liefen für mich glatt und problemlos durch. Der letzte Teil bestand aus einer einstündigen mündlichen Prüfung, die ich mit vollem Gepäck im Schlepptau und meinem Dufflecoat auf dem Schoß ablegte, da zwischen dem geplanten Ende der Prüfung am Nachmittag und der Abfahrt meines Zuges für die Rückkehr nach Oberhausen nur kurze Zeit lag. Ich musste diesen Zug erreichen, damit ich an der Uni am nächsten Morgen meine anstehende Mathematikprüfung ablegen konnte, ohne die sich mein Studium dort um ein Jahr verlängert hätte. Ich bat die Angestellte im Sekretariat, mir ein Taxi zu bestellen … und alles klappte wie am Schnürchen! Die Prüfungskommission teilte mit freudestrahlend das sehr gute Ergebnis der Gesamtprüfung mit und gratulierte mir, als ich schon in der Tür stand. Das Taxi stand mit laufendem Motor vor der Tür und ich erreichte meinen Zug zwei Minuten vor der pünktlichen Abfahrt. Mitten in der Nacht kam ich – geschafft aber glücklich – zu Hause an, schlief ein paar Stunden, um dann in Duisburg meine gesamten Kenntnisse im Killerfach Mathematik abzuliefern. Lief auch!

Flugs exmatrikulierte ich mich in Düsseldorf und entgegen meiner anerzogenen Höflichkeit tat ich dies, ohne mich dort gebührend zu verabschieden.

Mit dem Münchener Abschluss in der Tasche hatte ich nun die Möglichkeit, mich auf weitere Stellen zu bewerben, denn Gitarrenlehrer waren damals gesucht. So bewarb ich mich noch im selben Jahr auf einen Lehrauftrag für Gitarre an der Universität Duisburg, den ich auch bekam und neben meiner Tätigkeit an der Musikschule Oberhausen für einige Jahre erfüllte. Somit war ich einerseits Student als auch Lehrender an der Uni – viele können so etwas sicher nicht von sich behaupten.

Zum Ende des Jahres hin hatte ich eine weitere Fahrt nach Bayern vor mir. In Regensburg fand im zweijährigen Turnus einen Gitarrenwettbewerb mit freiem Programm statt. Ich hatte die Stücke meiner Musiklehrerprüfung noch ganz gut „auf der Pfanne" und beschloss deshalb, einfach einmal an diesem Wettbewerb teilzunehmen. Ich meldete mich an und der Rest lief nach ähnlichem Muster wie die Prüfung in München ab: Hinfahrt mit dem Nachtzug im Liegewagen, Ankunft um 8 Uhr. Frühstück in einem Café, 9 Uhr Eröffnung des Wettbewerbs mit 17 Teilnehmern in meiner Altersgruppe. Ich war als einer der ersten Teilnehmer dran und lieferte mein Programm (wir brauchten nur eine Auswahl „auf Zuruf" spielen) ganz brauchbar ab. Es war:

John Dowland	Lachrimae Pavan
Johann Sebastian Bach	Courante und Bourrée
	aus der 1. Lautensuite
Mauro Giuliani	"Händelvariationen"
Johann Kaspar Mertz	Zwei Konzertstücke
Reginald Smith-Brindle	El Polifemo de Oro

Beim Warmspielen auf der Gitarre hatte ich einen Teilnehmer kennengelernt, der in Regensburg studierte. Er war nach mir dran und als er fertig war, lud er mich in seine Studentenbude ein. Er war ein netter Kerl und zeigte mir die Stadt, wir aßen zusammen etwas zu Mittag und warteten gemeinsam auf die Entscheidung der Jury, die für 19 Uhr avisiert war. Um 18.30 trafen wir an der Musikhochschule Regensburg, dem Ort des Wettbewerbs, wieder ein, und bereits am Eingang gab mir der Veranstalter des Wettbewerbs augenzwinkernd mit, dass ich mir für den Abend nichts vornehmen sollte. Das ging eigentlich nicht, denn um 23 Uhr fuhr mein Nachtzug zurück nach Oberhausen, weil ich

– natürlich! – am nächsten Tag wieder wichtige Termine hatte. Aber die Zeit reichte noch für die Teilnahme am Preisträgerkonzert, das für 20 Uhr anberaumt war. Mir war zu meiner großen Freude der erste Preis in der höchsten Altersstufe zuerkannt worden! Also spielte ich noch einmal die Stücke von Dowland, Giuliani und Smith-Brindle, übrigens live übertragen vom Bayerischen Rundfunk.

Anschließend lud mich die Jury noch auf ein Abendessen ein, das ich gerne annahm, aber wegen der pünktlichen Bundesbahn nach knapp einer Stunde abbrechen musste. Der Wettbewerbsveranstalter brachte mich mit seinem Wagen zum Bahnhof und half mir noch, den Zug mit wehendem Schal in wirklich letzter Sekunde zu erreichen. Ich hatte – anders als für die Hinfahrt – keinen Liegewagen reserviert, hatte aber ein ganzes Abteil für mich. In Frankfurt hatte ich eine Umsteigeverbindung, aber ich war nach der vorherigen Nacht und dem anstrengenden Tag dermaßen groggy, dass ich den Stopp in Frankfurt buchstäblich verschlief. Erst in Fulda wachte ich wieder auf. Dank der Hilfe eines Bahnmitarbeiters fuhr ich (schwarz, ich hatte auch nicht genug Geld für eine Fahrkarte dabei) zurück nach Frankfurt und bekam dort noch einen

Zug, der mich morgens um halb acht in Oberhausen ablieferte. Die letzten Kilometer nach Sterkrade legte ich per Bus zurück. Auf dem Weg von der Bushaltestelle zu meiner Wohnung lief mir ausgerechnet mein Vater, der von dem Wettbewerb nichts wusste, auf seinem Weg zur Arbeit über den Weg, der natürlich messerscharf schloss, dass ich „mal wieder" mit meiner Gitarre unterm Arm auf „Sauftour" war, ein weiteres Indiz für ihn, dass das Musikmachen nichts taugt.

Ich ließ ihm seinen Glauben.

Der Gewinn es Regensburger Gitarrenwettbewerbs war für mich der Schlusspunkt meiner „gitarristischen Bühnenlaufbahn". Im Lauf der Jahre hatte ich viele Gitarristen kennengelernt, ganz gut, gute und sehr gute und auch andere. Ich hatte gesehen und erfahren, dass es halt Musiker gab, die mit geringstem Übeaufwand selbst schwierigste Literatur mit Leichtigkeit spielen konnten. Ich selbst dagegen, der ich erst mit 15 Lebensjahren mit dem Gitarrenspiel begonnen hatte, musste einen ungleich höheren Aufwand[12] betreiben, um zu einem vergleichbaren musikalischen Ergebnis zu kommen. Ich legte die Gitarre zwar (bis heute) nicht beiseite,

---

[12] Viele Jahre später lernte ich, dass die Ausbildung des Bewegungsapparates eines Musikers in den frühen Kindheitsjahren beginnt und bereits mit dem 16. Lebensjahr abgeschlossen ist.

ganz im Gegenteil, ich spielte noch weitere Jahre, eigentlich bis heute, „Muggen" und kammermusikalische Konzerte, insbesondere Gitarrenduo. Zudem unterrichtete bis zu meiner Berufung zum Schulleiter im Jahr 2008 an der Musikschule in Oberhausen, aber insgesamt fokussierte ich mich seit dem Wettbewerbssieg mehr auf mein Studium in den zeitintensiven Fächern Maschinenbau/Metalltechnik und Physik, was mir ebenso sehr viel Freude machte.

Seit einigen Jahren widme ich mich mehr der „vergessenen Literatur", spiele also gerne vornehmlich Stücke, an denen die konzertant tätigen Konzertgitarristen vorbeigehen. So entdeckte ich den Wiener Komponisten Heinrich Bohr und spielte sein Gesamtwerk auf CD ein, die sogar in die österreichische Nationalbibliothek aufgenommen wurde. Weitere „Entdeckungen" nahezu unbekannter bzw. vergessener Gitarrenliteratur sind Heinrich Albert, Pietro Pettoletti, Attilio Bernardini, Bartolomé Calatayud und viele andere, die ich (größtenteils als erster) auf CD eingespielt habe. Mir ist es lieber, diese Sparte der Literatur verantwortlich spielen zu können, als mit dem Spielen der „Hochliteratur" an den vielen sehr guten Konzertgitarristen gemessen zu werden, die es (s.o.) nun einmal viel besser können als ich.

Weißgerber und andere

Eine Rechnung hatte ich noch offen: Ich besaß zwar einige ganz brauchbare Konzertgitarren, aber mein Traum, der Besitz einer Gitarre von Richard Jakob „Weißgerber" war noch unerfüllt. Der erfüllte sich im Jahr 1983. Sigi Behrend verkaufte mir eines seiner Instrumente. Wer ihn kannte, weiß, dass er im Privatleben extrem großzügig war (ich habe nie ein noch so teures Essen in seinem Beisein bezahlen müssen), in finanziellen Dingen war er hingegen auch den besten Freunden gegenüber eher hart. Also: Die Gitarre kostete mich einiges, aber dadurch, dass ich weiterhin immer noch ganz gut verdiente, machte mir das nicht allzu viel aus. So war ich nach ziemlich genau 10 Jahren am Ende meiner jugendlichen Träume angelangt! Die Weißgerber – ein übrigens höchst unscheinbares Instrument aus dem Jahr 1959 – ist eine wunderbare Gitarre, die insbesondere einen Weißgerber-typischen kernigen Bass und eine wunderbar klangvolle 1. Saite bietet, allerdings mit einem kleinen Nachteil, den sie mit anderen Spitzeninstrumenten teilt: Wie eine kleine Prinzessin verzeiht sie keine Fehler. Jedes noch so leise Fingernagelgeräusch, jede Ungenauigkeit beim Greifen bestraft sie streng und unnachsichtig.

Abb. 28: Weißgerber 1946/59

Weißgerber hatte die Angewohnheit, jede seiner Gitarren zwei Mal zu bauen, die sogenannten „Schwestermodelle". Eine davon wurde verkauft (auch ein Gitarrenbauer will Geld verdienen!), die andere verblieb in seinem Besitz. Nach seinem Tod wurden diese Schwestern von seinem Sohn sukzessive verkauft, was, da er in Markneukirchen in der damaligen DDR lebte und (auch als Gitarrenbauer) arbeitete.

Um nicht in den „VEB Musima" zwangsaufgenommen zu werden, hatte er seinen Gitarrenbau als „Kunstwerkstätte" deklariert. Dadurch konnte er weiterhin als freier Gitarrenbauer agieren, aber: Kunstwerke durften nicht in Länder des Klassenfeindes verkauft werden! Behrend half sich in dieser Beziehung mit einem schlitzohrigen, aber einfachen Trick. Er hatte als „reisender Künstler" oft Engagements in der DDR, auch z. B. als Juror in Wettbewerben. Ab und zu kaufte er dann eine billige Gitarre im Westen ein, entfernte den inwendigen Herstellerzettel und tauschte diesen gegen einen von Weißgerber aus. Mit dieser „Fake-Gitarre" fuhr er in den Osten, ließ sich die Einfuhr des Instruments schriftlich bestätigen, kaufte Weißgerber ein Instrument gegen harte Westmark ab und reise dann mit diesem zurück in den Westen, darauf vertrauend, dass die Grenzsoldaten den Unterschied nicht feststellen können. Das hat wohl immer geklappt!

Das Schwesterinstrument meiner Weißgerber befindet sich im Besitz des Liedermachers Dieter Süverkrüp, einer der Sänger, deren Schallplatten ich in den frühen 1970er-Jahren gesammelt habe. So schließt sich der Kreis zwar nicht ganz (eigentlich wollte ich ja Wolf Biermanns Gitarre[13] haben), aber eben *fast*.

Wenn der Witz „Je schlechter ein Gitarrist spielt, desto mehr Gitarren besitzt er" stimmt, dann bringe ich wohl keine drei zusammenhängende Töne auf der Gitarre zustande. Im Lauf der Jahre kaufte ich mir – Ebay sei Dank – sukzessive und

---

[13] Das Schwestermodell von Biermanns Gitarre wurde mir tatsächlich im Jahr 2023 zum Kauf angeboten, aber zu einem Preis, bei dem ich abwinken musste. Ich kannte das Instrument (auch aus Behrends Besitz) und wusste: Es sieht schön aus, ist aber nicht Weißgerbers bestes Instrument.

günstig die Instrumente, die ich mir als Lehrling und später als Student nicht leisten konnte. So z. B. die Gitarre „Modelo Tárrega" aus dem Jahr 1975 von Rainaldo DiGiorgio, vor der ich in Edinburgh buchstäblich auf den Knien gelegen habe. Vor einigen Jahren verbrachte ich den Sommerurlaub in Brasilien und brachte mir von dort das aktuelle Spitzenmodell mit. Beide Gitarren sind eine Augenweide, aber leider sind meine Ansprüche an ein Konzertinstrument inzwischen so sehr gestiegen, dass sie meinen klanglichen Vorstellungen nicht mehr entsprechen. Oder die Gitarre von Max Klein, das Trauminstrument aller klassischen Gitarristen der frühen 1970er Jahre, die ich „für'n Appel und'n Ei" im Internet ersteigerte.

Ein besonderer Fang war für mich eine „Ramirez 1a", ein Instrument, das durch Andrés Segovia zu weltweitem Ruhm kam. Als ich sie kaufte, erstand ich einen Trümmerhaufen, wie ich ihn noch nie zuvor gesehen hatte: tiefe Risse am gesamten Korpus, die mit einer Heißklebepistole(!) notdürftig repariert waren, ein abgenutztes Griffbrett usw. – eigentlich absoluter Schrott. Dafür war sie sehr, sehr billig. Ich gab die Gitarre zur Restaurierung an einen Gitarrenbauer, der sie in einen (fast) Neuzustand versetzte. Es ist ein unglaublich klangstarkes Instrument, das ich heute nahezu ausschließlich für meine „Muggen" einsetze. Ähnliches gilt für eine sehr gute und preisgekrönte Kohno 20 aus den 1970er-Jahren, die nach einer Restaurierung durch eine Gitarrenbauerin ein tolles, konzerttaugliches Instrument geworden ist.

Sehr schön ist auch meine Gitarre von Nikolaus Wollf, die ich mir zu meinem 40. Geburtstag gegönnt habe. Anlass dazu war ein Quartettkonzert zu ebendiesem Anlass, in dem alle drei Mitspieler auf Gitarren von Wollf spielten – da wollte ich nicht aus der Reihe tanzen. Heute ist das Instrument in meinem täglichen Gebrauch und immer wieder eine große Freude. Gerne spiele ich auch auf einem Nachbau von Armin Gropp aus dem Jahr 1980 der Behrend'schen Weißgerber, auf der er sein Leben lang nahezu ausschließlich konzertiert hat. Es wird deutlich; Ich bin (wie viele andere auch) kein treuer Gitarrist. Ich liebe es, viele davon zu haben, insbesondere kunstvoll gearbeitete, natürlich klangschöne Gitarren. Ich spiele sie „reihum", mal kürzer, mal länger und jedes Mal „entdecke" ich sie neu.

Ich komme noch einmal auf die schöne Gitarre von Weißgerber zurück, von der schon mehrfach (seit 1973) die Rede war. Ich besitze mittlerweile nicht nur eine „echte Weißgerber", sondern ich habe Biermanns Weißgerber-Gitarre im Jahr 2011 von seinem Gitarrenbauer Curt Claus Voigt (München) originalgetreu nachbauen lassen. Dieses wunderbare Instrument, das die Gitarre von Biermann (sorry!) klanglich um Längen schlägt, schenkte ich meiner lieben Frau zum runden Geburtstag.

Abb.29: Nachbau der Gitarre von Wolf Biermann

Sie habe ich – wie so vieles – übrigens auch der Gitarre zu „verdanken", denn sie hatte in den späten 1970er-Jahren bei mir Gitarrenunterricht. Wir beide sind seit 35 Jahren verheiratet; und wir reisen – oft zusammen mit unseren Töchtern – viel und gerne, soweit es unsere Zeit erlaubt. Zum Schrecken meiner Familie habe ich die Angewohnheit, aus jedem meiner Urlaubsländer ein landestypisches Zupfinstrument und/oder eine Gitarrenminiatur mitzubringen. Zum Schrecken deshalb, weil die Suche danach manchmal sehr aufwändig ist.

Aber so kamen im Laufe der Jahre viele „Zupfinstrumente" zusammen: Eine Sitar aus Indien, eine arabische Laute aus Ägypten, eine Shamisen aus Japan, eine Sarangi aus Nepal, eine Balalaika aus Russland, eine Sutar aus dem Sudan, eine Pipa aus China und viele mehr.

Daneben sammele ich dann noch Gitarrenminiaturen, mittlerweile sind es über 300 vom Flaschenöffner in Gitarrenform bis hin zu furchtbar kitschigen Spieluhren.

Wenn das mal keine Gitarromanie ist! Und wenn man mich fragt, wie viele Gitarren ich besitze, gibt es nur eine Antwort: „Auf jeden Fall zu wenig!"

Abb. 30: Ein Blick auf einen Teil meiner Sammlung

Epilog

Andrés Segovia, der große Protagonist der Konzertgitarre im 20. Jahrhundert, litt wahrlich nicht unter mangelndem Selbstbewusstsein. Er hatte es geschafft, sich mit seinem Instrument, der Gitarre, mit anderen Virtuosen seiner Zeit auf eine Stufe zu stellen, er war also auf Augenhöhe mit Rubinstein am Klavier, Oistrach und Heifetz an der Violine, Casals am Violoncello und den anderen weltweit agierenden Protagonisten ihrer Instrumente. Er, Segovia, hat einmal sinngemäß gesagt, er habe die Gitarre aus den groben Händen der Flamencospieler und aus den Händen der Frauen befreit.

Was für heutige Ohren frauenfeindlich klingt und zu energischen Shitstorms in den „sozialen" Medien führen würde, ist allerdings metaphorisch gemeint und aus dem zeitgeschichtlichen Zusammenhang heraus vollkommen anders zu verstehen. Nach einem „Boom" der Gitarre im frühen 19. Jahrhundert, in Fachkreisen häufig als „Guitarromanie" bezeichnet, erlebte das Instrument etwa ab 1850 einen deutlichen Niedergang. Die Gitarre verkam immer mehr zu einem reinen Begleitinstrument, auf dem Dilettanten bestenfalls ein paar Akkorde schrumpen konnten. Kein ernstzunehmender Komponist schrieb noch ein Werk für die Gitarre. Zuletzt blieb das Instrument nur noch als schmückendes Beiwerk für die „höheren Töchter" aus gutem Hause, die ein paar einfache Akkorde spielen konnten, um ihren Liebsten damit zu gefallen. Bestenfalls in der „Wandervogel-Bewegung" fand die Gitarre außerhalb der Salons der feinen Damen noch Anwendung. Kurz: Die Gitarre wurde um die Jahrhundertwende herum in der „seriösen" Musikwelt als etwas Minderwertiges, Nicht-der-Rede-Wertes angesehen. Und eben aus dieser Ecke der Musik hat Segovia die Gitarre befreit – das ist und bleibt sein großer Verdienst. Er brachte das Instrument zurück auf die großen Bühnen dieser Welt und im Zusammenhang damit regte er namhafte Komponisten dazu an, zeitgemäße Musik für die Gitarre zu schreiben.

Man kann zu Segovia, seinem Ego, seinem Spiel und seinem Musikgeschmack stehen wie man will, ohne ihn und sein Wirken wäre der weltweite Gitarrenboom in der 2. Hälfte des 20. Jahrhunderts nicht möglich gewesen.

Mit dem weltweiten Erfolg Segovias begannen viele Musiker, sich mit dem Instrument zu beschäftigen. Dadurch erlebte die Gitarre einen enormen Aufschwung, nicht nur in musikalischer, sondern auch in spieltechnischer Hinsicht, schlagwortartig sicher mit „Höher, besser, weiter" zu umschreiben. Die Spielliteratur für die Gitarre wurde durch ideenreiche Kompositionen bereichert, das Klangbewusstsein der Spielerinnen und Spieler intensiviert, das spieltechnische Können schraubte sich ungeahnten Höhen hinauf und – nicht zuletzt – es wurden didaktische und methodische Ansätze entwickelt, um den gitarristischen Nachwuchs noch besser und noch effektiver auszubilden.

Waren es in den 1950er-Jahren vielleicht drei oder vier Orte in Deutschland, an denen man im Sinne eines Studiums das Gitarrespiel auf hohem Niveau lernen konnte, sind es heute fast 40 Musikhochschulen und Konservatorien, an denen über 50 hauptamtliche Professorinnen und Professoren das Fach „Konzertgitarre" zum Studium anbieten[14], und ihren Studierenden dabei helfen, die Irrwege zu vermeiden, die meine Generation gegangen sind. Ähnliches gilt für die musikalische Erstausbildung an den rund 900 öffentlichen Musikschulen und bei den zahlreichen Privatmusikschulen und -lehrern im Land.

Leider gelten für den Musikmarkt aber die gleichen Marktgesetze wie z. B. für Äpfel und Birnen: Angebot und Nachfrage bestimmen den Preis. Aus dem „Unterangebot" an Gitarristen und Gitarrenlehrern ist mittlerweile ein Überangebot geworden. Zu viele gut ausgebildete, fähige Gitarristen strömen auf den Markt. Die Folgen bleiben nicht aus: Bei einem Überangebot sinkt nun einmal der Preis,

---

[14] Die Zahlen sind das Ergebnis einer statistischen Untersuchung, die ich im Jahr 2024 durchgeführt habe.

oder, konkret bezogen auf den Musikmarkt: Die Umsätze z. B. für Tonträger sinken für den einzelnen Musiker, die Spielorte werden kleiner, die Gagen geringer. Verschärft wird diese Entwicklung durch die an der Grenze zum unseriösen liegenden Geschäftspraktiken der Streaming-Portale, bei denen der ausführende Musiker letztendlich „in die Röhre guckt". Selbst in den öffentlich-rechtlichen Rundfunkanstalten spielt die Konzertgitarre nur noch eine marginale Rolle.

Manche „Gitarristen" versuchen daher, durch waghalsige Bearbeitung „großer" Literatur oder durch ungewöhnliche Spieltechniken die Aufmerksamkeit des Publikums auf sich zu lenken, erreichen jedoch in der seriösen Musikwelt exakt das Gegenteil: Man belächelt das Instrument und peu à peu läuft die Gitarre Gefahr, wieder in der Ecke zu landen, in der sie vor etwas mehr als 100 Jahren schon einmal war, nämlich am Katzentisch der Musikgeschichte. Ein aktuelles, eindrucksvolles Beispiel für diese Irrungen ist ein junger polnischer Gitarrist, der auf seiner Gitarre Versatzstücke aus Beethovens 5. Sinfonie mit geschlagenen Akkorden bei gleichzeitiger Golpe-Begleitung unter konvulsivischen Zuckungen vorträgt und dafür mit Preisen in sogenannten TV-Musikwettbewerben und Millionen von „Klicks" und „Likes" belohnt wird. Er erweist der Gitarre als ernstzunehmendes Instrument einen Bärendienst, und sowohl Segovia als auch Beethoven drehen sich in ihren Gräbern nicht nur um, sie rotieren um sämtliche Achsen!

Eine kleine Reise durch die entsprechenden YouTube-Angebote bietet einen umfassenden Überblick darüber, was manche Gitarristen alles unternehmen, um durch noch so bizarre Auftritte mediale Aufmerksamkeit zu erlangen, ganz abgesehen einmal von denen, die's lieber ganz bleiben lassen sollten.

Auf dem Klavier oder auf irgendeinem Streichinstrument wäre das alles schlichtweg undenkbar. Undenkbar wäre es übrigens auch, dass ein Streicher, der ernst genommen werden möchte, sich mit einem gut sichtbar am Instrument befestigten elektronischen Stimmgerät auf die Bühne setzt. Erst recht nicht einer, der keine Noten lesen kann und sich mit einer eigens für sein Instrument geschaffenen Griffschrift (Tabulatur) weiterhilft. (Das ist übrigens ein absolutes Alleinstellungsmerkmal der Gitarre und … ein Thema für sich.)

Das Ende vom Lied ist – wie schon gesagt – dass die Gitarre Gefahr läuft, sich selbst wieder in eine Ecke zu stellen, die ihr nicht gebührt, nämlich weit abseits des künstlerischen Musikbetriebes.[15]

---

[15] Das mag wie das Gemecker eines „alten weißen Mannes" klingen, spiegelt aber eher die Sorge wider, dass alles, was im 20. Jahrhundert von drei Generationen für die Konzertgitarre aufgebaut wurde, zur künstlerischen Ruine zerfällt – wie bereits im 19. Jahrhundert geschehen. Die Mechanismen ähneln sich und Geschichte droht sich zu wiederholen.

Das alles gilt natürlich nicht für die vielen Gitarristen, die sich um eine solide und sachgerechte künstlerisch-musikalische Arbeit bemühen.

Ich hoffe sehr, dass ich die Zukunft der Konzertgitarre momentan einfach zu negativ sehe. Vielleicht steckt bei mir und vielen meiner gleichgesinnten Wegbegleiter einfach zu viel Herzblut in dem, was wir uns mühevoll erkämpft haben.

Mag sein!

Ich selbst werde auf jeden Fall weiter so spielen, wie ich es kann und so lange ich es kann.

Abb. 31: Nachbau der Biermann'schen Weißgerber von
Curt Claus Voigt (München)

Weitere Bücher und Cds

Der Polyphem
Der erste Kriminalroman, in dem die Gitarre eine Hauptrolle spielt.

Ein unbekanntes Mordopfer liegt, mit bloßen Händen erwürgt, in einem mit Wasser gefüllten Bombenkrater aus dem II. Weltkrieg im Schmachtendorfer Wald im Oberhausener Norden. Dem Toten wurde eine Angelschnur um den Hals gewickelt.

Ein Fall für Kommissar Horst Reiter und seine Kollegen. Zu Beginn seiner Ermittlungen ahnt er nicht, dass der Fall sehr viel mit seiner eigenen Vergangenheit und Gegenwart zu tun hat. Bis er zu dieser Erkenntnis kommt, müssen noch einige Menschen sterben.

Hauptkommissar Horst Reiter, der als junger Mann sein Gitarrenstudium nach einem sieglosen Wettbewerb in Mettmann 1985 abbrach, liebt die Konzertgitarre und deren Musik. Auf seinen Autofahrten zu den Tatorten und zu Hause hört und spielt er Gitarrenmusik, die auf der zum Buch gehörenden CD eingespielt ist. Ein spannender Krimi, nicht nur für Gitarristen.

Taschenbuch, 264 Seiten.
BOD, Norderstedt.
ISBN: 978-3-732-28513-6

Der Prinzipal

Horst Reiters zweiter Fall

Eine Einbruchserie erschüttert das Vertrauen der Schmach-tendorfer Bevölkerung in ihre Polizei. Doch noch während Horst Reiter und sein Team die Einbrüche aufklären können, müssen sie sich mit dem augenscheinlichen Selbstmord des Leiters eines Berufskollegs in Duisburg auseinandersetzen.
Ein weiterer spannender Kriminalfall mit Horst Reiter, in dem die Konzertgitarre keine Nebenrolle spielt. Die zum Buch gehörende CD mit Werken von Bernardini, Behrend, Baden Powell u. a. ist auch als kostenfreier Download erhältlich.

Taschenbuch, 260 Seiten.
BOD, Norderstedt.
ISBN: 978-3- 743 – 195943

Die Musik zu den Büchern kann bei den entsprechenden Internet-portalen (z. B. Spotify, Amazon music, YouTube etc.) kostenfrei abgerufen werden.

Rentner müdür

Lehrermangel und fehlende Schulleitungen im Land veranlassen die Landesregierung, pensionierte Lehrkräfte und Schuldirektoren mit Hilfe des (realen) „Opa-Erlasses" zu reaktivieren. So auch Oberstudierdirektor a. D. Herbert Reiter, der nach vier Jahren Pensionärsdasein zur Wiederaufnahme seines Dienstes an einer Problemschule, dem Georg-Kerschensteiner-Berufskolleg (GKBK) in Duisburg, überredet wird.

Schon bei der offiziellen Einführung der neuen Schulleitung am GKBK kommt es zum Eklat, weil das Kollegium heftig gegen „den Alten" protestiert und sich gegen die neue Leitung stellt. Als neuer Schulleiter löst Herbert Reiter, teilweise zusammen mit seinem Bruder, Kriminalkommissar Horst Reiter, mit Humor und Chuzpe zahlreiche inner- und außerschulische Probleme, die übrigens größtenteils auf wahren Begebenheiten beruhen.

Taschenbuch, 230 Seiten.

BOD, Norderstedt.

ISBN: 978-3-7578-5188-0

Siegfried Behrend – Stationen

Stark erweiterte und aktualisierte Neuausgabe des Buches
Stationen (2000) anlässlich des 85. Geburtstages von Siegfried Behrend im November 2018. Mit zahlreichen Abbildungen und Verzeichnissen zum Leben und zum Lebenswerk
dieser Ausnahmeerscheinung der Musik im Deutschland des
20. Jhd.
Mit Beiträgen von Marc Boettcher, Rüdiger Grambow,
Matthias Henke, Manuel Negwer, Martin Maria Krüger,
Helmut Richter und Michael Tröster.

Taschenbuch, Umfang: 200 Seiten, ca. 180 Abbildungen.
Herstellung: BoD – Books on Demand, Norderstedt, 2018.
ISBN 978-3-7460-5652-4

"Blag im Pott".

Früher war alles besser!" Diesen Satz liest oder hört man als Angehöriger der Nachkriegsgenerationen nahezu täglich. War das wirklich so oder wird die Vergangenheit mit zunehmendem Lebensalter nostalgisch verklärt?

In diesem Buch soll anhand der subjektiven Erlebnisse, Beobachtungen und Erfahrungen eines (Oberhausener) Ruhrgebietskindes der 1950-er und 1960-er Jahre in einer kleinen Zeitreise dieser Frage nachgegangen werden. Wie war es damals „hier im Pott" und wie ist es heute?

Weil jeder Mensch unterschiedliche Erfahrungen in seinem Leben gemacht hat, sind die Leserinnen und Leser des Buches eingeladen, die Frage aus ihrer individuellen Sicht für sich selbst zu beantworten.

Taschenbuch, 144 S., 8.99€
BOD Norderstedt
ISBN:978-3-7693-0319-3

Nachtgedanken

Kurze Texte, Gedichte und Bemerkungen zu den zentralen Themen meines Alltags: Schule und Musik.
Sie entstanden in den Dämmerstunden später Abende und reflektieren häufig das, was ich über den Tag hinweg erlebte.

© 2021 Dr. Helmut Richter, 244 Seiten
ISBN: 9783753495590
Herstellung und Verlag: BoD – Books on Demand, Norderstedt

Werkverzeichnisse komponierender Gitarristen

Helmut Richter: Werkverzeichnisse komponierender Gitarristen, 200 Seiten, DIN A4
2016, BOD Norderstedt

Verzeichnis der seit 2010 veröffentlichten Solo-CDs

Stimmungsbilder

Kompositionen von Szordikowski, Herweg, Riera, Richter, Baden Powell, Merlin, Piazzolla und anderen für Gitarre solo

Toute Suite

Barocke Suiten von Purcell, Baron, Brescianello, Grenerin, Schenk, Kühnel und de Murcia für Gitarre solo.

Der Polyphem – Die Musik zum Buch

Gitarrenmusik von Newsidler, Dowland, da Milano, Sanz, Giuliani, Carulli, Tàrrega, Smith-Brindle u. v. a.

¡Folklore!

Folkloristische Musik für Gitarre solo von Attilio Bernardini, Bartolomé Calatayud, Luigi Mozzani, Giovanni Murtula, José Ferre, Julian Arcas, Siegfried Behrend u.a.

Der Nudelordner

Kleine Kostbarkeiten für Gitarre solo
Werke von Dowland, Brescianello, Albert, Behrend, Baden-Powell, Helmut Richter u. a.

Bruno Szordikowski - Kompositionen und Bearbeitungen

Werke von Bruno Szordikowski und Turlough O'Carrolan für Gitarre solo und Gitarrenensemble.

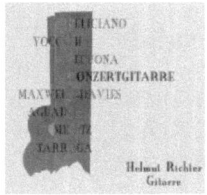

Folklore für Konzertgitarre

Werke von Aguado, Yoccoh, Maxwell-Davies, Mertz, Tárrega, Bernardini und Lecuona/Feliciano

Eigene Kompositionen für Gitarre

Eine Sammlung eigener Stücke für Gitarre solo

Sonett Nr. 66

Das berühmte Sonett von William Shakespeare, in dem er den Zustand der Welt beklagt, in 15 unterschiedlichen Übersetzungen, gelesen von 15 Personen, gepaart mit Lautenmusik von John Dowland.

Heinrich Bohr – Gesamtwerk

Heinrich Bohr war Gitarrenlehrer in Wien und Schüler von Jakob Ortner. Er schrieb über 30 kleine, mittelschwere Stücke für Konzertgitarre solo, die hier erstmalig auf Tonträger zu hören sind. Sie sind es wert!

Der Prinzipal
Die Musik zum Buch

Gitarrenmusik von Bernardini, Szordikowski, Calatayud, Behrend, Baden Powell u. v. a.

Abendmusiken
Musik für Konzertgitarre von Piazzolla, Bach, Behrend, Vinas, Ferrer,nMertz, Barrios, Monk, u. a., gespielt von H. Richter

Proteus - Thèmes variés
Musik für Konzertgitarre von Scheidler, Giuliani, Frescobaldi, Pettoletti, Carulli und Legnani. 8 Ersteinspielungen auf Tonträger. Gesamtspielzeit: 80 min.

Solitario
Musik für Konzertgitarre von Mason Williams, Joaquin Rodrigo, José Feliciano, Baden Powell de Aquino u. a. Gesamtspielzeit 70 min

Bunte Scherben
Gedichte von Heinrich Wallnöfer - Claudia Brodzinska-Behrend, Rezitation, Helmut Richter, Gitarre. Gitarrenmusik von H. Bohr, Jan Antonin Logy, S. Franz Molitor, A. Diabelli, W. Matiegka u.a.

Querschnitt
Doppel-CD mit Aufnahmen aus 25 Jahren und einigen neuen Stücken. Musik von Albert, Behrend, Baden-Powell, Brescianello, Giuliani, Dowland, Szordikowski, Richter und vielen anderen. Umfangreiches Textheft mit zahlreichen Abbildungen. 165 min.

Miniaturen
Meinem Freund H. Wallnöfer zum 100. Geburtstag gewidmet. Gitarrenmusik von Milan, Mudarra, Brescianello, Gragnani, Mertz, Bohr, Behrend, Ferrer und vielen anderen, gespielt von H Richter, 80 min.

Gitarre Barock
Claudia Brodzinska-Behrend gewidmet. Musik von Bach, Händel, de Murcia, Frescobaldi, Sanz, de Visée, Schenk und Zamboni gespielt von Helmut Richter Gesamtspielzeit: 79 min.

Sentimentos
Musik für stille Stunden
Musik von Baden-Powell, Qualey, Bach, Barrios, Behrend, P azzolla, Rodrigo, Bustamente u.v.a., gespielt von H. Richter Gesamtspielzeit 80 min.

Premiere
Ersteinspielungen für Konzertgitarre
Musik von H. Albert, H. Ambrosius, H. Bischoff, B. Henze, A. Stingl, F. Spreafico und H. Richter gespielt von H. Richter
2 CDs - Gesamtspielzeit 145 min

Chill out

Gitarrenmusik zum Entspannen

"Chillige" Gitarrenmusik von Johann Sebastian Bach, Ulrik Neumann, Astor Piazzolla, The Beatles, Heinrich Bohr, Erol Garner u.a.
Gesamtspielzeit: 79'30"

Im Volkston

Volkslieder und Kompositionen von Enrique Granados, Mauro Giuliani, Helmut Richter, José Ferrer, Agustin Barrios und anderen
Gesamtspielzeit: 79'50"

Sonaten und Suiten für Gitarre

G. A. Brescianello: Partiten VI, VII, XVI, **Pietro Pettoletti:** Le Safran op. 19, Fantasie op 32, **Simon Molitor:** Grande Sonate op. 7, **Antonio Diabelli:** Sonate C-Dur
Gesamtspielzeit: 75"

Mauro Giuliani

Raccolta die Pezzi Musicali op. 111 - Variations "La Riccicoletta" op. 141, Sei Arie Nazionali Scozzese - 2 Rondos op. 71
Tomaso Albinoni - Adagio
Gesamtspielzeit: 76"

Alle CDs sind bei den einschlägigen Streaming-Portalen (Spotify, Amazon Music, Apple-Music usw.) herunterladbar.

www.helmut-richter.de